I0727607

Darío Hernández Orjuela

El Último Vuelo del Zorzal

Historias paralelas

2da Edición

LNG LLC

Titulo: El Último Vuelo del Zorzal - Historias Paralelas
Autor: Darío Hernández Orjuela
Segunda edición: 2023
Ilustración de la portada: Carlos Felipe González

I.S.B.N.: 978-1-943255-76-4

Producción Ejecutiva:

LNG LLC

Dedicada a mis amigos, a los viejos y nuevos, a los que están lejos o cerca, a los que están en la eternidad.

A la Argentina que es mi hogar lejos del hogar, la que me enseñó a escribir y a hacer mis sueños realidad.

A mi familia, mis padres y hermanos. Y sobre todo a mi esposa Rosita y mi adorada hija María Antonella. Quienes han hecho esta nueva edición realidad.

A mi sufrida Latinoamérica que aún no entiende que todos somos los mismos y que el amor es el único que nos salvará de nuestros eternos dolores.

A los anónimos, los que no están en los libros de historia, los que componen esas historias paralelas y construyen una sola memoria colectiva. Es por esto que me he dado al reto de ponerme en los zapatos de todos los personajes y cada uno de ellos con dolor y alegría hacen de un momento primordial de sus vidas una pieza que compone la belleza del relato.

Al tango y a Gardel por ser Gardel…

PRÓLOGO

EL ETERNO VUELO

En el prólogo de la primera edición de 1957 del libro titulado "Las Peras del Olmo", Octavio Paz formuló una idea prodigiosa. Esta consistió en afirmar que aun cuando todos, o casi todos, nos enamoramos, sin embargo, sólo Garcilaso convierte su amor en églogas y sonetos. Muchos contemporáneos de Cervantes afrontaron como él batallas, pobreza, cautiverio y, sin embargo, no escribieron el Quijote. Los ejemplos pueden multiplicarse al leer *El último vuelo del zorzal*: El amor, la traición y la tristeza, son sentimientos de los seres humanos que pueden ser transpuestos artísticamente y, sin embargo, solo una voz inmortal logró conjurar todos esos sentimientos juntos a través del canto de un pensamiento triste que se baila: el tango. Y esta voz, que cada vez canta mejor aún después de muerto, es por supuesto la voz inconfundible del zorzal criollo, el morocho del abasto, el gran Carlos Gardel. Este como personaje cautivo, es el que se encarga de entrelazar a su alrededor las vidas paralelas de los personajes protagonistas de la presente novela, mientras somos testigos de la peregrinación de su cadáver desde Medellín - Colombia (donde falleció en un accidente aéreo el 24 de junio de 1935) hasta la ciudad de Buenos Aires - Argentina que lo vio crecer como cantor.

Ahora bien, si hablamos de la novela literaria como género de ficción, el lector de *El último vuelo del zorzal. Historias paralelas*, escrita por Darío Hernández Orjuela, encontrará una apuesta osada donde se conjuga el insumo de la imaginación con el trasfondo de la realidad histórica. Lo anterior podría ser un criterio para clasificar este libro con la etiqueta de novela histórica, pero una vez nos sumergimos en su lectura encontramos insuficiente esta conclusión, al descubrir que esta visión no solo la empobrece, sino que además le resta mérito a lo que verdaderamente se propuso su autor: examinar cómo alrededor de la inmortalidad de los personajes memorables como lo es Carlos Gardel, se pueden hallar las vidas ordinarias de quienes viven lo que los poetas cantan. En otras palabras, cómo lo maravilloso de la cotidianidad se encuentra en las pequeñas cosas, en eso que García Márquez definió como la vida y la suma de sus días.

Desde esta perspectiva Darío Hernández en este su segundo libro publicado, al igual que en su opera prima "Donde los muertos permanecen en pie", nos invita a reflexionar en cómo las insondables aguas de la historia se confunden con las trampas de la memoria, las cuales elaboran monumentos a los inolvidables cantantes como Carlos Gardel, pero sumergen en el olvido a los amantes por los cuales se compusieron y cantaron las canciones que aún se escuchan y se escucharán por siempre mientras sigan existiendo amantes que en el anonimato libran las batallas del amor y sus desengaños. En algunas de sus líneas el narrador se cuestiona: ¿Qué es lo que hace a un hombre inmortal, ese hombre que le cantó al amor y a la soledad, al dolor y a la felicidad? Seguramente estos son cuestionamientos que también se plantearon otros autores como Manuel Mejía Vallejo con su "Aire de tango" o Fernando Cruz Kronfly con su obra "La Caravana de Gardel", entre otras novelas y autores que tienen como telón de fondo esta misma circunstancia histórica de la desaparición trágica del cantor ciudadano por excelencia, a cuya lista se suma este libro de Darío Hernández. En este sentido, el ingenioso enfoque que se encuentra en *El último vuelo del zorzal*, acierta al distanciarse de la comodidad de vanagloriar al ídolo, de rendir un culto a la personalidad del artista, de glorificar un lugar común que se ha convertido en el canon del género del tango.

En realidad, el logro de la presente obra estriba en no dar respuesta al cuestionamiento del por qué un hombre mortal, al fallecer se volvió inmortal con su canto grabado en miles de ediciones y formatos sonoros. Lo afortunado de esta obra es encontrar que el protagonismo no recae en los fetiches citados, sino en los amantes que, en este caso, encarnan María Paulina e Ignacio Castelli, quienes personifican a los amantes eternos de todos los días, que a pesar de no contar con panteones ni placas que los recuerden, sí son la excusa de los poemas que escribió Garcilaso, de las aventuras del Quijote y de las canciones que sigue cantando Gardel. En últimas, los personajes que podemos tropezar en cada esquina, quienes con su vuelo eterno nos inspiran a seguir buscando y leyendo historias como la que sigue a continuación.

Juan Daniel Flórez Porras
Historiador y Licenciado en Ciencias Sociales
Magister en Gestión Documental
y Administración de Archivos
Poeta en ocasiones.

LA TRAVESÍA DEL HOMBRE JUSTO

I.

Hoy me siento en la banca de concreto que rodea el pasaje que atraviesa el cementerio. Los deudos visitan a sus familiares que descansan en frías tumbas llenas de lágrimas, recuerdos y musgo que se cuela entre las grietas húmedas del panteón. Mientras espero que el sol de la tarde se oculte detrás de una solitaria nube que cruza el firmamento, yo me decido por fin a convidarte a que vengas conmigo.

Esta historia llena de océanos inmensos y cafés amargos, de ventanas con mensajes secretos, amoríos clandestinos y canciones tristes. Del viaje de un hombre que seguía volando a pesar de estar muerto y de la memoria de un amor que perdura en las letras de una canción y las páginas de un libro. Como cada jueves, vengo a ver si por fin te decides a llevarme contigo. Desde aquella mañana de mayo, mi alma se fue, y sólo un cúmulo de piel huesos y fluidos subsiste con la cobardía de aquellos que han dejado pasar el tiempo entre la rutina y la desazón. Tomo mi paraguas y dejo las flores secas en el tacho de la basura. Nuevamente camino las 18 cuadras hasta mi casa y con la dificultad que los años y el cansancio de caminar demasiado me han dejado en las rodillas, subo las escaleras hasta el primer piso de la casa, caliento la pava y lavo el mate en la pileta de la cocina mientras el agua está con el calor justo. Y entro a mi habitación y me siento en el balcón. Preparo el mate y dejo que el vapor empañe el vidrio de la ventana, siempre esperado que ese mensaje que he esperado por 50 años llegue por fin. La noche cae con sus sonidos inesperados y sus terrores infundados. Y otra vez viniste. Otra vez abres la puerta de mi habitación y me invitas a jugar, tan blanca y sublime como siempre. Pequeña juguetona de manos frías y mirada perdida. Como el más antiguo de los hombres cuando te vio por primera vez me das curiosidad. Pero miedo también.

Déjame sentado en mi silla favorita, no debería pensar en ti. ¿Por qué no me dejas un rato? prometo ir luego. Estaba esperando a otra que no eras tú, me volviste a engañar.

Y te ríes a carcajadas, y te acercas picara y te sientas a mi lado. Tocando mis manos, mirándome a los ojos. Hermosa tragedia, motivas todo lo malvado de esta tierra, pero cada vez que vienes, me siento agradecido.

¿No tienes otro lugar a donde ir?, ¿otras cosas que hacer? permíteme olvidar por un momento. Déjame creer en lo que tuve por un solo instante.

Sin embargo, te digo gracias. Aunque nunca me dejas hablarte, sé que quieres de mí. Quisiera oírte la voz, siempre te imagino dulce y suave cuando cómplice asomas por la puerta entreabierta tu sonrisa y eso es lo único que llego a ver.

Permitiré que hagas de mi lo que quieras, si solo me hablas, dime que necesitas. Y como siempre te levantas de repente, y me miras fijamente con frialdad, como reclamando lo que es tuyo. Voluntariosa, haces lo que te da la gana.

Nuevamente abres la puerta y te vas cerrándola suavemente. Pero esta vez no dejo que te vayas. Esta vez quiero explicarte por qué anhelo que me lleves, por qué te confundo con aquella que amare por siempre. Apareciste siempre inoportuna e hiciste estragos en mi vida. Hoy te exijo que me lleves, no sin antes escuchar lo que te tengo que contar.

Fue ese día en que decidiste llevarte al gran hombre, al gran artista. Fue ese día cuando hiciste de ese juego macabro de las casualidades tu juguete favorito y te llevaste a uno que no merecía morir. Pero perdiste. Él se volvió inmortal, el sobrevivió más allá de la eternidad al que lo llevaste entre fuego y viento. Ese hombre canta al amor y a la soledad, al dolor y a la felicidad. Vive a pesar de tu crueldad. Y yo sobrevivo a todos aquellos intentos por llevarme a ir hacia ti por mis propias manos. Logré sobrevivir, pero muerto en vida. Ahora sólo queda la nostalgia.

II.

Todo comenzó aquella noche.de otoño, con ese aire frio y viciado de hojas muertas y paredes húmedas. Corrí las 14 cuadras que separaban a mi casa en el barrio de constitución hasta el "Puerto Nuevo" y en medio de la oscuridad atravieso los caminos, las casas y conventillos hasta el dique B donde me espera Martín uno de mis compañeros de la facultad, quien tenía su propio plan de escape en un barco carguero que iría a Europa, mientras yo lo único que pude hacer fue ofrecerme para una diligencia legal fuera del país. Tenía una valija con todo lo necesario y ropa para poder cambiarme. En la clandestinidad usaba mi nombre de pila, así que mis papeles eran legales, sin embargo, el solicitarlos por la vía regular me generaría cuestionamientos hacia mi destino y mis perseguidores sabrían de mi escape. Así que en mis manos tenía el pasaporte de mi hermano.

Tres años habían pasado desde la muerte de Di Giovanni y todos aquellos que llegamos a alzarnos en contra del régimen estábamos en la mira. La injusticia de estos tiempos turbulentos alimentados de nacionalismos recalcitrantes y perspectivas ultra conservadoras, convertían en enemigos a estudiantes, políticos e intelectuales que se llegaran a expresar en contra de la junta conservadora. Pronto los nombres de mis compañeros y el mío, estaríamos en las listas de enemigos del estado. Tomé la decisión de irme por un tiempo aprovechando que uno de mis maestros de la facultad era funcionario del ministerio de relaciones exteriores. Solicitó un secretario para las diligencias en el exterior que le habían sido encomendadas y yo me ofrecí como voluntario a pesar de no tener en su momento los documentos necesarios para salir al exterior. Confiado en mí supuesta lealtad al gobierno y a mis buenas calificaciones, no dudó un segundo en aceptarme. La misión era simple. Carlos Gardel había muerto. El estandarte de nuestra cultura y ciudadano más ilustre había fallecido en Medellín, Colombia y la misión era traer de regreso los restos. El conflicto generado por el Estado Colombiano y sus leyes parroquiales que impedían la exhumación de un cadáver por ley, habían llevado a crear una misión diplomática para negociar su repatriación. La versión oficial se describía bajo estos términos. La verdad al gobierno de Justo y sus lacayos, poco y nada le importaba la suerte de este pobre hombre. Los pedidos de la madre y el reclamo del pueblo solicitando el regreso de Gardel hicieron mella en los miserables; no apelado a su humanidad. Solo buscaban ganar el favor de las masas que atravesaban por uno de los momentos más difíciles de nuestra historia. Sumidos en la pobreza y en la opresión de un gobierno retrógrada y entregada a los favores de las potencias que empobrecían a nuestra propia patria. El golpe de amnesia era el luto por "Carlitos" y mientras se lloraba al ídolo, se gestaban terribles chicanas para empobrecer aún más a la sociedad argentina.

Ingresé a la zona de abordaje con ansiedad y esperando que no hubiera ningún tipo de contratiempo para salir del país. "Castelli" leyó el agente migratorio. "Soy yo" respondí inmediatamente. Entonces usted es el secretario del señor Gonzalo De Abreu, funcionario del Ministerio de Relaciones Exteriores y viajan a Barranquilla, Colombia ¿es correcto? "sí señor, respondí inmediatamente. Bienvenido su camarote es el 5c en la segunda planta a babor. ¿Tiene todo lo necesario para el viaje Señor Castelli?   Asentí sin decir nada. "Puede abordar" y cortante me entregó mis documentos.

Abordé el "Santa Rita" y en la cubierta me encontré con el doctor De Abreu. Estaba en una reposera leyendo unos documentos a la luz de una vela, me saludo sin levantar la mirada y me explicó que realmente necesitaba de mí en Colombia, que por ahora disfrutara del viaje. Me retiré sin decir nada y me fui a conocer mi camarote. Era pequeño y se veía bastante cómodo. La litera tenía un colchón, una mesa mediana que servía de escritorio y mesa de noche, y una cómoda donde puse mi equipaje. Los motores del vapor comenzaron a retumbar con su ritmo constante y hasta ese momento pude dormir plácidamente al saber que lo había logrado. Me había alejado del peligro de ser descubierto y mi corto exilio me sacaría de problemas.

A la mañana siguiente el doctor De Abreu apenas si me habló en el desayuno. El barco tenía sólo a la tripulación y a nosotros. No llevaban más personas ya que el barco había sido contratado única y exclusivamente para nuestro viaje. Era de bandera colombiana y su tripulación no nos dirigía la palabra más que lo necesario. Vi en algún momento al doctor De Abreu hablar con el capitán, pero al parecer sólo eran conversaciones concernientes al viaje. Decidí concentrarme en las lecturas que había llevado conmigo. Conseguí una biografía de Bolívar, el libertador de América quien lideró en esa parte del continente la campaña que en nuestras latitudes dirigió José de San Martín. También un atlas de bolsillo que llevé conmigo me permitió ver exactamente a qué parte del país nos dirigíamos y saber algunos datos me pareció pertinente. Quería tener conocimiento del lugar donde íbamos y sobre todo tratar de tener algo que decir, si algún tipo de conversación informal con los funcionarios colombianos que nos recibirían se llegaba a dar. Sin embargo, después del almuerzo me apoyé en la baranda de la cubierta y mientras el atlántico se veía más inmenso y su azul oscuro del sur iba transformándose en aguas transparentes llenas de color en su fondo y el frío desaparecía poco a poco. Es allí donde miré atrás y me regresé a todo aquello que significaba mi vida. Siempre había escuchado que el mar abierto te daba en que pensar y tenía la mágica tendencia de hacer que cada momento de tu vida se cuestionara.

El objetivo de nuestro viaje era recuperar parte de nuestra propia identidad. Según las órdenes presidenciales, Carlos Gardel pertenecía al pueblo argentino y la tierra donde creció y se hizo como artista debía ser su última morada. Para mí tal vez no significaba tanto en aquel momento. Tal vez yo sólo quería irme. Sin embargo, en ese momento me fue imposible no ver la imagen de un gran hombre y pensé en encontrar aquello que nos hace primordiales para otros. Aquello que nos hace irremplazables. Me reflejé en las aguas claras del Atlántico meridional y empecé a ver mi propia vida.

III.

¿Qué es lo que hace a un hombre inmortal? El legado que todos dejamos es la vida misma y el camino que decidimos tomar. Para algunos este sendero se bifurca una y otra vez, sea por el azar o por aquellas decisiones que todos nosotros tomamos. El punto de inflexión y las consecuencias pueden hacer que todo lo que hicimos signifique realmente algo primordial. Algo que deja una huella imborrable.

Hay hombres que viven todos y cada uno de sus días para cumplir un objetivo. Muchos; la mayoría lo cumple al principio de su vida. La felicidad se encuentra en la quietud de seguir navegando en las aguas que el tiempo y las circunstancias le brindan sin mayores esfuerzos. Otros día a día emprenden pequeñas luchas que hacen de su quietud una leve emoción y permiten que esa estabilidad, ese mar en calma marque su rumbo hasta el final de sus días. La mínima parte de la humanidad es a la cual yo siento que pertenezco. La misma a la que pertenecen esos grandes hombres que dejan huellas imborrables y un legado que perdura a través del tiempo. Mi vida no habría tenido sentido si hubiera preferido la quietud, la jaula de la costumbre y las cadenas que atan los impulsos de hacer del viaje una verdadera travesía.

Nací en tiempos tumultuosos. Llegué al mundo en un país hermoso. De inmensas llanuras que eran rodeadas por las imponentes montañas de los andes y por el atlántico. El mismo que albergaba las historias de viajeros y piratas. El sur es blanco y desde siempre lo vi como el fin del mundo y al norte, los colores y los aromas eran de tal variedad, que ningún naturalista habría podido decir exactamente que componía esa tierra mágica e inmensa. Y a pesar de eso vivíamos en el conurbano. En el barrio de La Recoleta. Todos amontonados en una mínima parte del mundo siendo dueños de la mitad de un continente.

Cobijado en una familia acomodada. Mi padre llego siendo un niño. Mi abuelo, un siciliano católico y recalcitrante, emprendió la dura tarea de hacer su vida lejos de su hogar. Montando un almacén en pleno centro de la ciudad de Buenos Aires. Compró una bodega y traía artículos de lujo y otros de primera necesidad de Europa. Su clientela lo veía como un hombre sencillo, pero su estricta manera de educarnos a mí y a mi hermano era casi insoportable. Debíamos seguir al pie de la letra un horario de estudios al llegar a casa de la escuela, la misa y horas de trabajo en el almacén. La pelota era mi mejor amiga por una hora a la semana nada más. En el cuarto de atrás de la casa, donde guardaba las cosas que no servían y los recuerdos familiares, mi padre tenía un pizarrón con nuestros nombres y un sistema de conteo de faltas. Recuerdo muy bien como al regresar el viernes del colegio, el viejo agarraba nuestros cuadernos y página por página revisaba que los deberes habían sido hechos y revisados por la maestra. Cada nota negativa, cada queja de la maestra significaba una rayita frente nuestros nombres. Cuando las rayas formaban un cuadro completo era la hora de "cobrar". Mi padre nos daba una tunda con su cinturón del ejército que blandía con extrema destreza para que nos hiciera chillar del dolor, pero no dejaba marca alguna. Yo era tal vez el que menos recibía castigos, más por la complicidad de mi madre que por mi buen comportamiento. Mi hermano Hernán, era muy rebelde. Pensaba que papá era un viejo idiota y era él su mayor problema. Su comportamiento era casi criminal y no era intimidado a pesar de las tremendas golpizas que sufría de parte del viejo. Se peleaba en la calle y le gustaba robarse tabacos del almacén y fumarlos con sus amigos de juerga.

Mi madre había sido educada por las monjas del claustro de Santa Catalina de Siena y su aprendizaje fue por vocación propia el del cuidado de enfermos. Aunque mi madre tenía como destino marcado por su familia el ser monja, decidió por el bien de su familia casarse con el pretendiente que mejor dote había brindado en su momento a su casa. No sé bien si mi madre realmente amó a mi padre. Sólo sé que era una mujer abnegada y muy buena.

Al cumplir mis diez años hice la primera comunión. Aquel día mi padre estaba particularmente feliz y se pasó de tragos. La fiesta había terminado, y como era costumbre, mi madre no le permitía a mi padre compartir el lecho si estaba borracho. La macabra sorpresa de todos fue a la mañana siguiente. Cuando mi madre se levantó vio a mi padre en una posición extraña en el viejo sillón de la casa. Había sucumbido al exceso de alcohol y al parecer había aspirado su propio vomito. Había muerto de la manera más absurda posible. Mi madre al verlo supo inmediatamente, supongo que por sus conocimientos de enfermera, que el viejo había muerto. Mi hermano y yo escuchamos a mamá llamando a Lucila, la mucama pidiéndole una toalla húmeda para limpiar al señor. La imagen para Hernán y para mí fue dantesca. Pero mamá parecía muy tranquila. Mandó a Hernán a que buscara al médico del barrio y a mí a que le buscara la ropa de la misa. Mientras lo limpiaba, mi madre no soltó una lágrima. Mientras yo apoyado en el marco de la puerta espiaba esta escena, me sorprendí cuando mi madre dejó salir del alma una frase que jamás olvidaré: "así tenías que morirte miserable…" y con toda la tranquilidad del mundo procedió a limpiarlo acomodando sus extremidades torcidas y acostándolo cuidadosamente para hacerlo presentable para el Doctor Bensua.

El funeral fue muy sencillo, los vecinos y conocidos de la familia se hicieron presentes, mi madre impávida seguía el papel de la viuda acongojada, sin embargo, nadie se preguntaba nada acerca del por qué mamá no soltaba una lágrima. Era un secreto a voces que papá la golpeaba, la trataba muy mal, pero eso son cosas que un niño no logra ver hasta después de muchos años.

Los días cambiaron radicalmente desde aquel tétrico acontecimiento. La casa se hizo un poco más alegre. Mamá tomó la batuta de la casa. Tiró las cortinas pesadas y los viejos muebles heredados del abuelo. Compró muebles modernos y llenó el living de plantas. El jardín florecía y se hizo cargo del negocio. Había aprendido lo necesario y conocía a los proveedores. Hernán desembocó en una vida llena de excesos y el salario que ganaba de su trabajo terminaba siendo cobrado en botellas de vino y cigarrillos cubanos. Mi madre al ver que la casa y el almacén funcionaban, decidió ponerse al servicio de la comunidad y regresó a su amada carrera de enfermera. Habló con el doctor Bensua y se dedicó a ayudarle en su clínica y haciendo algunas visitas a personas mayores que necesitaban algún tipo de ayuda. Nunca la vi más feliz.

Los años pasaban y las dificultades de la economía eran sorteadas por mamá con una habilidad absoluta. Nunca nos faltó nada y siempre salíamos airosos de las terribles crisis que azotaron el país durante esos duros años. Mi madre leía la prensa en la sala de la casa mientras fumaba un cigarrillo en la mañana, y su mordaz forma de pensar había calado en mí de tal forma, que al ingresar a la facultad ya tenía toda la formación política que me llevaría a hacer parte de los movimientos estudiantiles y a esa conciencia colectiva que tanto necesitábamos como sociedad. La facultad de leyes me brindaba el acceso a maravillosos autores. Los libros eran mi pasión y leer historia me hacía muy feliz. Todo este caldo de sentimientos, experiencias, tragedias y alegrías me pusieron en ruta de la ilusión de la militancia, al miedo de la persecución por pensar distinto y de allí a este inmenso mar que ahora me llevaba a una tierra desconocida y a la incertidumbre de lo que podría llegar a ser el futuro a mi regreso.

IV.

El viaje continuó sin contratiempos. Pasaron las horas entre la lectura y las pocas palabras que cruzábamos entre el almuerzo y la cena con el Doctor De Abreu. Desembarcamos en Barranquilla, en medio de un calor sofocante y una humedad que me descompensaron de inmediato. Una comitiva de la alcaldía de la ciudad de Medellín y un funcionario del gobierno de Colombia acompañaban a un representante de la embajada argentina en Colombia que se había hecho cargo del caso de Gardel desde el incidente. Tomamos de inmediato el camino hacia el aeropuerto de Barranquilla que se encontraba a casi una hora en auto.

En el transcurso del viaje el Doctor De Abreu, notablemente ofuscado, reclamaba que no quería subirse a un avión. "Es absurdo que vengamos a investigar un accidente aéreo y ahora me quieran subir a un aparato que sin dudas no tiene condiciones para volar". Solo veía terror en sus ojos. Mientras Augusto el funcionario argentino, le aseguró que el viaje era seguro sobre todo porque viajaban con un piloto alemán de mucha experiencia. Para mí era inevitable no sentir miedo de volar en este país, pero creo que era difícil e improbable correr la misma suerte que Gardel a tan poco tiempo de su accidente. El viaje en avión fue muy tranquilo.

Tuve la oportunidad de conocer la cabina del avión y dialogar un poco con el piloto. Le pregunté si sabía del accidente. Él consternado, con un castellano muy fluido y sin desviar la mirada del cielo me respondió: "sí, mi mejor amigo estaba en el otro avión." Con seriedad me miró a los ojos y me dijo: "le pido no pregunte más, es de mala suerte hablar de accidentes aéreos en un avión".

Llegamos a Medellín entrada la noche. Nos llevaron a una hermosa hacienda cerca a la población de "Rio Negro", la cual funcionaba como hotel. Una inmensa casona de estilo colonial con un inmenso patio en el centro de la propiedad y hermosos balcones interiores adornados con plantas. Su dueño, Manuel Guzmán nos recibió con la cordialidad y entusiasmo que noté era generalizado en los colombianos al darle la bienvenida a los extranjeros. Era un hombre de corta estatura, gordo y bonachón, de bigote prominente y de piel curtida. Nos invitó a pasar a la sala y mientras dos sirvientes se encargaban de las valijas, este agraciado personaje nos invitaba a tomar una taza de café. Con orgullo nos decía que era grano de su última cosecha. Yo con más cortesía que ganas, recibía estas atenciones. Mientras el dueño de casa y el Doctor De Abreu departían, yo me fijé en la inmensa biblioteca de la casa. Volúmenes de libros maravillosos. Títulos en su idioma original y de temas variados. Los grandes autores clásicos y algunos contemporáneos que conocía yo vagamente. Emocionado le pregunté acerca de esta tremenda colección. El respondió simplemente: "esos libros son de mi hija. Herencia de su tío que falleció hace dos años. Si tiene preguntas tiene que hacérselas a ella, la verdad no leo mucho. A mí me gustan más los números, esos si sirven para los negocios". La conversación pasó del café al aguardiente. Yo le pedí un vino y el hombre graciosamente me dijo que el vino es para "pasarse la comida", que esto es lo que se toma aquí cuando se celebra algo. El anís me quemó la garganta, pero producía una sensación de calor muy interesante. Luego el hombre se acercó al tocadiscos y puso un tango. "Cuesta abajo". Nos sentimos en casa por un rato y el tema que nos traía a esta tierra lejana salió a colación. La trágica muerte de Gardel parecía afectar mucho más a nuestro anfitrión que a nosotros. En esta parte del país adoraban a Gardel y parecía una cruel jugarreta del destino que justo murió en esta ciudad que lo amaba tanto.

Fuimos a aquella primera reunión. El alcalde Luis Guillermo Echeverri junto a la comisión médica forense, enviada directamente de Bogotá por el presidente Alfonso López Pumarejo, nos entregó un detallado informe sobre el accidente. La descripción de los hechos por parte de los testigos oculares se tergiversaba con las historias apasionadas extraídas de su propio sentido de impotencia y pesar. Para el doctor De Abreu era muy frustrante concretar una teoría sólida sobre los acontecimientos al entrevistar a mujeres despechadas y con el sentido de viudez de su amor platónico, así como los relatos de los hombres que conjuraban esa inmensa masa de seguidores que lloraban como niños al perder a su ídolo frente a sus ojos de una manera tan trágica.

Todas las teorías científicas de la comisión eran desmentidas por las pesquisas. Parecían armadas desde la suposición y no desde pruebas comprobables. El común denominador al llegar a los pilotos, era la intachable reputación de Samper Mendoza, el héroe nacional y fino caballero de alta alcurnia que piloteaba el avión de Gardel. Mendoza no se caracterizaba precisamente por la disciplina militar necesaria para practicar la aviación, y mucho menos con el sentido de responsabilidad que podía exigirle a un trabajador común en relación laboral formal. Samper Mendoza era el dueño y señor de su empresa y ya era conocido por su intrépida manera de vivir la vida y de su amor por los lujos, la bebida y los compromisos sociales que acompañaban su reputación, pero sobre todo, a su apellido y al resto de su respetada y tradicional familia. La comisión concluyó la investigación al determinar qué:

"1 El accidente se debió a una inesperada corriente de aire y a deficiencias de las pistas del Aeropuerto Las Playas. Dos causas ajenas al control de las personas que llevaban el comando de los trimotores F-31 y Manizales.

2. Deficiencias topográficas y aerológicas del aeródromo y a la aparición súbita de una corriente de aire que se presentó unos diez segundos antes de ocurrir el accidente, con una intensidad de 6-7 Beaufort y en dirección suroeste".

Era inquietante como se desarrolló todo este proceso para nosotros. La desesperada necesidad de justificar el accidente librándose de responsabilidades administrativas tanto por parte del aeropuerto, la empresa prestadora del servicio y del propio Samper.

Al salir de la visita que hicimos al aeropuerto con los peritos, decidí caminar por los hangares. Allí encontré a Wolfgang el piloto que nos llevó a Medellín. Se encontraba cubierto de grasa arreglando un motor. Me miró y en alemán le dijo a uno de sus empleados que continuara con el trabajo. Mientras se limpiaba la cara y las manos de grasa me pidió que lo acompañara a su oficina, al fondo del hangar. Sacó de una vieja heladera un par de cervezas, yo con la mano rechacé respetuosamente la bebida, pero él insistió. "Para hablar de los muertos y los amigos, se acompaña con una cerveza". Entonces regó un poco en el piso. Fastuoso pero irónico exclamó: "Para las ánimas. Eso lo aprendí aquí, los alemanes somos egoístas y no derramamos la cerveza". Decidí tomar la botella y con un sonoro: "Prost" chocamos las botellas. Le pregunté qué había pasado. El enfáticamente me respondió: "Los colombianos manejan su verdad, la mía no importa. Si quiero continuar trabajando en este país y no perder lo poco que nos quedó a Hans y a mí, prefiero guardar silencio. Estoy arreglando mi F31, la empresa la va a comprar

SACO. Los Samper quieren seguir con este negocio y se han dedicado a desprestigiarnos. Me presionaron a venderles lo poco que nos queda. Me voy al sur, me han dicho que Argentina se parece a Alemania cerca de la cordillera.". Yo respondí enfáticamente que los Andes no eran los Alpes, pero que era un bello lugar para vivir.

Decidí no decirle nada más, mientras él con una inmensa nostalgia miraba hacia la ventana y observaba su avión brillante y a sus empleados trabajar. Terminé la cerveza y me despedí de él convencido de que no nos veríamos nunca más. Estoy seguro que este hombre guardaba una dolorosa verdad. Sin embargo, su silencio le permitiría conservar la poca dignidad que la mala suerte y la injusticia no le habían logrado arrebatar. Le agradecí por la cerveza y salí de su hangar mientras el ágilmente se subía a la cabina del avión.

PARALELA 1

EL AVIADOR

El destino de los hombres es una ruleta. Se rigen por el azar y nada ni nadie pueden hacer de nuestra realidad una hoja de ruta, un sendero marcado. Los hombres pierden la vida de cualquier forma y en cualquier momento. Nosotros, hijos de una tierra bendecida por la cultura occidental y el renacimiento, ahora maldecíamos nuestro origen y el camino que tuvimos que recorrer al venir al mundo en un escenario donde lo peor de la humanidad aparecería. La historia de una amistad que pretendía escapar de tan cruel destino, terminaría perdida por el mismo trágico azar del cual queríamos escapar.

La gran guerra había terminado. Alemania era nada más que escombros y en las calles y campos la pobreza sumía a mi familia y a mis compatriotas en la desesperación. Hace un mes recibí una carta de mi querido Hans, mi compañero y mejor amigo desde niños.

Nacimos libres en Bromberg (Polonia) pero crecimos y nos educamos como alemanes. Juntos viajamos a Berlín para terminar la escuela y enlistarnos en la Luftwafe. Desde niños volar fue nuestra gran ilusión y crecimos con la leyenda del gran Manfred Von Richthofen, aquel que llamaban el gran Barón Rojo. La academia militar fue difícil. El régimen militar y la doctrina del orgullo de la raza y la nación eran la motivación promulgada por la escuela, y el resurgimiento de la patria, el objetivo de nuestros estudios. Sin embargo, Hans y yo mirábamos más allá. Muchos seres queridos habían muerto en la guerra y nuestra mente y corazón estaban en el cielo, en la aviación, pero no en la batalla. Es así como Hans arriesgando el todo por el todo decidió viajar a América del sur.

Su carta llegó un año después de haber partido. Me contaba sobre las bellezas de la selva, las montañas verdes, el atlántico pintado de colores, aquel al que le llamaban el Caribe, de la pujante ciudad donde se había asentado llena de casitas españolas y personas cordiales. Un lugar donde siempre era primavera, donde nunca nevaba. Colombia parecía como un sueño para mí, más por la forma en que lo describía Hans.

Con el Reich ya establecido, aquellos discursos de buscar retribución por la humillante derrota de 1918 se hacían cada día más provocadores. Por mi parte, buscaba sobrevivir con la paga como militar raso y enseñando a los jóvenes reclutas a conducir y reparar las aeronaves. Hans en su segunda carta me contó sobre SADCA, un emprendimiento que junto a otros compatriotas emprendió para establecer rutas aéreas locales de transporte. Compró dos aviones Ford estadounidenses. Me contaba de sus ventajas comparables a los viejos Fokker que volábamos en la academia. Mi sorpresa fue mayor al pedirme que viajara a trabajar con él.

Analicé esta propuesta por algunos días. Mientras observaba las calles de Berlín, pensaba en la frialdad y tristeza de carácter en la que se había convertido mi propia persona y la vida era tan rutinaria y estática debido a mi soledad que descubrí que nunca extrañaría este lugar lo suficiente, como para no arriesgarme a partir y probar suerte lejos de aquí. Pedí mi baja del ejército y emprendí el viaje a esta tierra desconocida.

El viaje fue muy largo, debí ir hasta Nueva york y allí embarcarme hacia Barranquilla, una ciudad portuaria en el Caribe. Allí me buscaría mi amigo Hans para llevarme a mi nuevo hogar en Bogotá en su flamante Ford F13 al que llamó "Manizales" en honor a la ciudad donde nació su nueva novia. Europa era un polvorín y me fue muy difícil conseguir un pasaje. Miles de familias salían de los territorios alemanes por miedo al discurso del Führer. El barco surcó el atlántico y un día de noviembre pude ver por fin ese mar de siete colores del que me hablaba mi amigo.

Desembarqué y mi él me esperaba con una sonrisa y un aspecto más festivo de lo normal. Conducía su propio auto y me llevó por la carretera que rodea el mar hasta su alojamiento. Esa noche su emoción era desbordante, trataba de hablar todo el alemán que le era posible, porque según sus palabras, ya estaba empezando a pensar en castellano. Su acento era muy particular y mientras me contaba de sus aventuras en estas inhóspitas tierras, me iba indicando cómo se decía en castellano lo que tenía a mano. Después de una noche de cerveza y anécdotas, nos levantamos como en los viejos tiempos a emprender vuelo sin importar la resaca. El aeropuerto estaba cerca y al llegar, vi esa imponente máquina que tanto me había descrito Hans en las cartas. Él con agrado me invitó a servirle de copiloto y remontamos el cielo hacia el sur. Desde el aire podía ver el escenario maravilloso que era esta esquina del planeta. Del mar a las imponentes montañas verdes rodeadas de serpenteantes ríos y pequeñas poblaciones donde las casas se hacían una con la naturaleza. En medio del vuelo mi amigo me indicó que necesitaba un piloto para hacer rutas de pasajeros con otro trimotor F31 que tenía apostado en Bogotá a la espera de un experimentado piloto alemán. Al arribar a Bogotá nos alojamos en el centro histórico en un hotel cercano a la plaza de Bolívar, sobre la carrera 7ª. Tuve poco tiempo de conocer la ciudad y mi castellano empezaba a surgir más por necesidad que por iniciativa propia. Después de las fiestas de fin de año ya habría hecho junto a Hans algunos vuelos para conocer las rutas entre las ciudades principales. Me enseñó a sobrellevar las vicisitudes del clima y el viento impredecible de esta parte del mundo y de a poco tomé la confianza suficiente para tomar los comandos.

Era el mes de marzo y en medio de una gala en honor al nuevo embajador alemán en Colombia, Hans destapó una champaña y con alegría, mientras brindábamos, me informó que había conseguido un contrato muy importante. Un representante argentino de artistas había pagado por una gira completa por todas las ciudades colombianas. Los pasajeros eran una estrella de la canción popular latinoamericana y su compañía de músicos; Carlos Gardel un hombre muy famoso en estas latitudes, quien era también estrella de cine. Me asombró su sencillez a pesar de la elegancia y prolijidad de su imagen, de verdad llamaba la atención. Había tenido contacto con personas del ambiente del espectáculo en algunas ocasiones en los bares y teatros europeos y todos compartían esa esencia particular que los hace ser admirados y respetados. Sin embargo, este hombre en especial proyectaba una ambigua manera de ser. Parecía feliz pero su aura era de extrema melancolía. Podía parecer hijo de un aristócrata, pero conservaba la humildad y prudencia de un hombre normal de suburbio.

En medio de la alegría de la fiesta, conocí a aquel que sellaría el destino de mi amigo. Nuestro competidor en la carrera de la aviación colombiana, Ernesto Samper Mendoza, un prestante señorito hijo de familia adinerada y piloto de la empresa SACO, fundada por él mismo. Se acercó a nuestra mesa tratando de disimular su borrachera. Grito improperios contra Hans acusándolo de haberle robado el contrato de Gardel. Mi amigo solo reía y le decía que siempre iban a escoger al mejor piloto de Colombia para esos compromisos, y que así le doliera, por ahora el mejor piloto era alemán.

A la mañana siguiente nos dirigíamos a Medellín y en el Aeropuerto de Techo de la ciudad de Bogotá preparábamos nuestro viaje. Recuerdo ver llegar al hangar donde me encontraba con el "Manizales" haciendo la revisión de rutina, cuando veo entrar a Hans con su vieja campera de la Ludwafe y con los ímpetus de nuestra época de reclutas. Me dijo emocionado como un niño que en el hangar próximo al nuestro aguardaba el avión de Samper Mendoza, pero que había convencido al radio operador para permitirnos salir justo delante de él en el orden de despegue. Se frotaba las manos de la misma manera que lo hacía cuando de niños, en el campo, nos saltábamos la cerca de nuestro vecino y le robábamos las uvas de su viñedo. Hicimos los protocolos de rigor tranquilamente ya que íbamos sin pasajeros ni carga. Hans con la pericia de siempre salió del Hangar y solicitó autorización de despegue. Carreteamos y el F31 levantó vuelo con gran facilidad. Extrañado noté como Hans se elevó con mucha velocidad, viró 180 grados y aceleró. Luego tomó ángulo de elevación y dio vuelta nuevamente hacia el inicio de la pista. De repente vi el avión de SACO piloteado por Samper Mendoza esperando para despegar. En picada nos precipitábamos a tierra justo sobre él y Hans llegó a acercarse a menos de 3 metros, lo pasó por encima y a último momento antes de chocar, remontó el vuelo nuevamente. Estas peripecias eran parte del entrenamiento militar. Llevar la aeronave al límite era algo que sabíamos hacer y para ese momento era la prueba fehaciente de su inmensa habilidad y pericia como piloto. Samper Mendoza debió pasar por el susto de su vida e imagino que por la terrible ira que le generó este incidente, quedó insertado en su ególatra cabeza el deseo de vengarse.

Grande sería mi sorpresa al enterarme de que este episodio había sido parte de una columna de opinión en el periódico días después, donde se hacía un descargo lleno de odio hacia nuestra empresa y directamente a mi querido amigo. Se nos acusaba de imperialistas y entrevistaban a algunos supuestos ex empleados que nos acusaban de despotismo en el trato y salarios no pagados. Todo ello obviamente maquinado por Samper y sus amigos políticos, quienes se escudaron en su patriotismo para tratar de ensuciar nuestra reputación.

Era el 10 de junio; salimos desde Cartagena con un día espléndido. La delegación del artista era muy pintoresca. A quien le llamaban cariñosamente "Carlitos" era la estrella. Había escuchado hablar de él en mi viaje hacia las Américas por los referentes de aquellos que se dirigían más hacia el sur del continente: Argentina, de la cual decían que se parecía a los Alpes en sus escarpadas montañas de los andes y a Buenos Aires la veían como la ciudad más desarrollada de Latinoamérica. Debido a su apertura a la inmigración, se decía que todos tenían lugar allí. Sus construcciones de corte europeo y visión de metrópoli diferían mucho de las pequeñas poblaciones que conocía de primera mano por mi estancia en Colombia y sus ciudades que permanecían arraigadas a sus tradiciones y no buscaban mucho la modernidad ni la expansión.

En Medellín aterrizamos sin novedades y una gran comitiva esperaba al famoso cantante rindiéndole homenajes desde el descenso del avión. Nosotros mientras tanto nos dirigíamos a la sala de pilotos donde buscábamos refrescarnos del calor abrazante de ese día. En la estancia donde nos encontramos, el desdén de los otros pilotos y demás empleados del aeropuerto era notable. De alguna manera en la comunidad aérea ya nos veían como enemigos.

Los días pasaron sin novedad. Nos hospedamos en el mismo hotel que los artistas y allí pudimos compartir algunos desayunos y meriendas con la comitiva mientras la estrella se preparaba para sus shows. Alguna tarde compartimos un rato de esparcimiento con él. Muy sencillo para ser un referente cultural, tomaba su guitarra y entonaba alguna canción. Más allá de entender su letra, la melodía y el espíritu de esa música llenaba la sala de melancolía o alegría dependiendo del ritmo y el sentimiento proyectado por la música. Eran momentos muy emotivos.

Cuando debíamos ir al hangar a hacer las revisiones técnicas de rigor, el desdén de nuestros colegas continuaba. Incluso llegamos a cruzarnos en palabras con alguno. Hans casi llega a las trompadas con otro. Nuestro miedo principal era el sabotaje. Lo único que nos podía dar seguridad era que transportábamos a un hombre admirado por todos y poner en riesgo su seguridad por una disputa ajena a él hubiera sido un despropósito.

Viajamos cuatro días después a Bogotá donde las cosas cambiaron radicalmente. Mientras remontamos la sabana dirigiéndonos al aeropuerto de Techo, pude notar una gran multitud de personas agolpadas en las orillas de la pista. Al tocar tierra, este grupo casi histérico de gente corrió hacia el avión. Después de tantas agresiones y amenazas, Hans asumió que nos iban a linchar y mientras tocaba tierra, aceleró peligrosamente y retomó vuelo. Fue un gran susto para nuestros pasajeros debido a la maniobra y, molesto, el representante de la comitiva de Gardel nos informó que esas personas eran un grupo de admiradores de Carlitos y que no corríamos peligro. Aterrizamos en la segunda pista y visiblemente ofuscado Carlos Gardel bajó del avión. Hans avergonzado, se disculpó.

Mientras esperábamos, arribó otro alemán que se encargaría de ser el copiloto del "Manizales" ya que yo comandaría la segunda nave de SADCA. Wilham Fuerst, un hombre nervioso y malhumorado, el cual me generó desde el principio cierta desconfianza. Era partidario militante del partido del Fuhrer incluso llegó saludando de forma apasionada con la mano derecha levantada y de corazón henchido nos pronunció un "Heil Hitler" que respondí con una frase simple: No estamos en Alemania, un buen día era suficiente. Después supe por el mismo Hans que este lánguido personaje había sido expulsado de la Lutwafe debido a su comportamiento nervioso y algunos problemas de salud, pero que no debíamos preocuparnos ya que la aviación civil no tenía ese grado de presiones. Era un excelente radio operador y sabía navegar muy bien con o sin instrumentos. De a poco aprendí a tolerarlo, pero nunca entendí por qué un piloto civil llevaba una "Whalter 38" en su cinto desde que se levantaba hasta que se iba a dormir.

Pasamos varios días sin recibir noticias. Nuestra casa, ubicada en el centro de la ciudad, servía como oficina y punto de venta de pasajes y planeación de itinerarios. Habíamos cancelado varios viajes para dedicarnos enteramente a la gira de conciertos de Gardel; lo curioso fue que recibimos llamadas de los clientes a los que habíamos cancelado, diciéndonos que SACO los había cancelado también. El motivo, la gira de Gardel. Al noveno día de espera Hans y yo nos dirigimos al hotel donde se alojaba la comitiva. Renuentes a reunirse con nosotros enviaron al secretario del artista, un español llamado José Plaja nos esperaba en el living del hotel con un cheque, una carta en la mano y un argumento absurdo: "Debido al incidente que se presentó el día 10 de julio en la pista de aterrizaje del aeropuerto de Techo de Bogotá, Carlos Gardel y la empresa de espectáculos

Universal cancela el contrato de traslados por el territorio colombiano, al no brindar confianza ni seguridad de parte de la tripulación". El cheque solo cubría los costos por los dos viajes realizados y una cifra por daños y perjuicios al romper el contrato. Hans se retiró iracundo y se dirigió directamente a las oficinas de SACO. Algo nos hacía pensar que Samper usó sus influencias para sacarnos del camino y adueñarse de nuestro contrato. Fue infructuoso el esfuerzo de Hans de encontrar a Samper. Él se encontraba en el último concierto brindado por Gardel en el Teatro Real de Bogotá. A la noche decidimos partir a Medellín. Hans iría a buscar una comitiva compuesta por varios abogados y escritores que nos contrataron a última hora, y yo pilotearía ya mi propio avión para hacer desde ese mismo aeropuerto un viaje de carga de vuelta a Bogotá. Contábamos con el dinero que se suponía íbamos a ganar de la gira y este debía ser restituido.

Llegamos al aeropuerto para hacer los protocolos de despegue de las dos aeronaves. Tomábamos un café después de almorzar. De repente Samper Mendoza entra a la confitería de la sala de abordaje donde nos encontrábamos. Se suponía que viajaría directamente a Cali y no entendíamos qué hacía en Medellín. Notamos que se encontraba descompuesto. No puedo decir si era por preocupación o era víctima de sus ya conocidas noches de juego de cartas y brandy. Se compró un paquete de galletas y antes de pagarlas Hans ya estaba acercándose a él en modo desafiante y directamente le reclamó por los rumores que había puesto en los diarios, a lo que Samper respondió acusándolo de mal perdedor. Alejé a Hans antes de que se fueran a las manos e irónicamente Samper le respondió que ese reto de Bogotá se lo iba a devolver. Mientras se iba hacia el hangar, volví mi mirada hacia la mesa y noté que Whilham tenía su mano en el cinto agarrando la pistola que llevaba encima. Ahí trate de bajar los ánimos al indicarle que se calmara. Afuera de la sala se encontraba una muchedumbre admiradora de Gardel y él gustoso se encontraba en medio de todos sus admiradores tomándose fotografías y firmando autógrafos. Era inevitable darse cuenta que era un hombre entregado a sus admiradores, no con la pedantería del artista altivo, era la dedicación de un hombre a su arte y a aquellos que lo recibían con tanto amor.

Nos retiramos hacia los hangares y Hans me acompañó hasta mi avión que había estado hasta ahora en revisión técnica, mientras el suyo estaba listo para partir y sus pasajeros se encontraban en espera para abordar al lado de la pista. A lo lejos noté el F31 de Samper carreteando después de cargar combustible. Me despedí de mi amigo esperando verlo en dos días en Bogotá, cuando regresaría yo después de dejar la carga en Santa Marta. Ya más calmado, recibió en el inicio de la escalera a sus pasajeros mientras Whilham ya se encontraba en la cabina. Luego a lo lejos escuché a la muchedumbre ovacionar mientras el avión de Samper emprendía vuelo. Hans inició su recorrido hacia la pista. Sin tener tiempo de reaccionar, vi las alas del F31 de Samper reflejar el sol brillante de ese medio día mientras viraba hacia el inicio de la pista. El viento era fuerte y asumí que intentaría aterrizar por alguna clase de desperfecto. Hans continuó su recorrido y ya estaba en espera de la orden de despegue.

Como si el tiempo se hubiera hecho más lento, vi como el ala derecha se movía sin control, el avión perdía altura y se tiraba hacia la izquierda. Después, una detonación, el impacto, la explosión. Las llamas crearon un hongo monumental que se elevó muchos metros. Recordé a mi padre cuando hablaba de la guerra, de las bombas que deshacían personas y quedaban solo cenizas. Samper Mendoza y esas pobres almas cayeron justo sobre el avión de mi amigo.

Samper había intentado devolverle el reto a Hans, pero falló. Corrí desesperadamente hacia el lugar del siniestro. Todo era caos, las mujeres gritaban, y el calor producto del fuego de la explosión se sentía en mi rostro a pesar de encontrarme aún muy lejos. Los camiones de socorro y bomberos llegaron casi al mismo tiempo que yo. Los dos aviones y sus ocupantes ahora estaban en medio del fuego. Tres de ellos lograron escapar entre las llamas y otro más se encontraba tirado a 100 metros del lugar, al parecer se había lanzado antes del choque. Mi amigo había muerto. El mismo hombre soñador que planeaba cada tarde de cervezas una nueva ruta, un nuevo destino, había muerto. Todo terminaba en un día soleado de junio. Allí la soberbia de un hombre y el orgullo de mi amigo habían causado la muerte de 15 personas. No podía parar de llorar la pérdida y estuve presente hasta el momento en que su cadáver fue sacado de los hierros retorcidos y calcinados de lo que fue su "Manizales". Whilham también había muerto en el acto, y lo más sorprendente fue verlo aun aferrado a su pistola.

Después del caos de este episodio, siguieron miles de investigaciones y conjeturas. Yo fui llevado a declarar por varios días como testigo del hecho y socio de SADCA. La justicia se encargó de crear teorías de todo tipo para tratar de salvar la reputación de su héroe nacional y ensuciar el nombre de nosotros como empresa y el nombre del propio Hans. Se habló de que Samper tenía una herida de bala e incluso se apoyaron en el hecho de encontrar a Whilham con el arma en la mano la cual al parecer fue disparada.

Así pasaron los meses y los años. SADCA bajo mi administración no logró sobrevivir. Tiempo después fue absorbida por SACO y con el advenimiento de la guerra, nuestro país sería el causante de todos los males de la humanidad incluyendo los hechos pasados y futuros. Es así como nosotros los "Nazis" habíamos matado a Gardel y al gran Ernesto Samper Mendoza. Hans y yo sólo queríamos escapar de Europa y sus guerras. Pensamos que Colombia era la tierra prometida y al final la muerte y la tragedia nos encontraron aquí también. Tal vez si hubiéramos seguido siendo pilotos de guerra, habríamos tenido mejor suerte. Por mi parte, no quise volver nunca más a Alemania. Pero tampoco quise estar en Colombia. Después de varios años intentando sobrevivir en los países latinoamericanos, terminé justamente en Argentina. Varios ex combatientes y criminales de guerra se escondieron aquí, y yo pude encontrar un poco de consuelo en esa comunidad alemana. Sabía que muchos de ellos eran culpables de crímenes atroces, pero simplemente ignoraba su pasado y seguía adelante para recomponer mi vida. Hoy mientras camino por las calles de Buenos Aires, veo la imagen de ese hombre que fue el motivador de esta cadena de acontecimientos y del cual, sin embargo, nunca supe nada. Solo un saludo, una canción y una muerte trágica. Para mí ahora es un recordatorio de cómo perdí a mi mejor amigo y de cómo en un instante la vida puede cambiar de rumbo. Ahora aquí en la Chacarita frente a la tumba de Carlos Gardel pienso en mi amigo, como si fuera él y no "Carlitos" quien está en esa cripta.

V.

Era una mañana soleada en Medellín y sus montañas imponentes me recordaban lo lejos que estaba de casa. Era domingo y la ventana de mi habitación daba a la calle. Mientras me preparaba para bajar a desayunar me asomé a la ventana. De la nada cruzando la esquina la vi a ella por primera vez. Tenía un vestido largo color azul y su tocado blanco de encaje cubría su cabello castaño y liso. Su rostro era fino y de grandes y expresivos ojos color miel. Era delgada y su cuello la hacía ver elegante y hermosa. Quedé absorto con tanta belleza. Me cambié de ropa rápidamente porque supuse que compartiría la mesa con aquella hermosa mujer que acababa de ver a través del velo de la cortina de mi cuarto. Trastabillé bajando las escaleras y casi termino en el suelo de la emoción de verla en el comedor. Me presenté formalmente mientras su padre, el mismo hombre bonachón que nos recibió me la presentaba. "Ella es María Paulina. Mi hija menor". "Mucho gusto señorita" contesté yo. Ella dejó escapar una sonrisa y algo sonrojada me siguió con la mirada mientras tomaba asiento.

El desayuno fue una gran sorpresa para el Dr. De Abreu y para mí. En estas latitudes la primera comida del día era casi un banquete, lleno de carnes y huevos, chocolate con leche y licuados de todo tipo. Yo acepte estas delicias sin dejar de ver los ojos de María Paulina y traté de leer en su mirada todo lo que su corazón podría albergar. Al terminar el desayuno, me retiré a mi cuarto. Mientras María permanecía en el patio junto a su tía ocupada en su tejido matutino, de nuevo el velo de mi ventana se interpuso al rostro más bello que había visto. Fingí que leía mi libro mientras fumaba un cigarrillo y de reojo observaba hacia el patio. María seguía haciendo su trabajo y disimuladamente miraba hacia mi ventana. Parecía un juego de mirarse y no encontrarse. En ese momento cuando nuestros ojos por fin se encontraron me di cuenta que la amaba. Aquella noche pensé en ella y no existían dudas sobre lo que sentí.

PARALELA 2

MARÍA PAULINA.

La selva vibraba al ritmo del viento y los insectos y la oscuridad entre la vegetación se rompía por el reflejo de la luna entre las hojas. El camino se había enlodado y el viejo Chevrolet se había quedado enterrado en la blanda capa de tierra y agua. Estábamos a solo 5 kilómetros de la ciudad y los mosquitos nos atacaban sin piedad.

Mientras contemplaba los esfuerzos de mis compañeros del circo junto a Belisario por destrabar al viejo camión, pensaba en Ignacio y en lo cerca que estaba de verlo por fin. Pensaba en mi padre y en mi tía Marina. En su soledad sin mí, en su decepción por mi partida. Pensaba en los cafetales y la finca. En el olor de las arepas de la mañana y el chocolate del desayuno. Pensaba en qué habría sido de mí, si hubiera decidido quedarme y vivir la quietud a la que estaba destinada. Pero pensaba más que nadie en mi madre. Rosario.

Recuerdo verme a mí sola con ese horrible vestido negro con cuello blanco, sentada en una banca del patio al lado de la puerta del cuarto de mamá, viendo el aljibe y a las abejas revolotear en las orquídeas del jardín que los rodeaba. Las mismas que mi madre cuidaba con esmero a diario. Aquellas flores violeta que se abrían con intensidad mostrando sus pistilos amarillos estaban algo pálidas. Tal vez porque mi madre había dejado de cuidarlas cuando ya no pudo ponerse en pie. Absorta contemplaba esa imagen mientras escuchaba en el cuarto a mi mamá toser mientras el médico la auscultaba y al cura rezar junto a mi padre y a mi tía Marina.

Sola mirando hacia la nada yo esperaba lo inevitable. Eran las 5 de la tarde cuando mamá murió. Aferrada a la mano de papá, observaba el cuerpo inerte de mamá, pálida y tranquila. No logro recordar lo último que me dijo, solo recuerdo su sonrisa, el sabor de la sopa de cebada que me preparaba con tanto amor y su canto mientras limpiaba y besaba a sus amadas plantas. Les daba nombres de señoras mayores y las limpiaba hoja por hoja, pétalo por pétalo hasta que quedaban perfectas. Su enfermedad la consumió muy rápido. Poco a poco se desvanecía y perdía su fuerza. El final de sus días llegó demasiado pronto y yo permanecí sentada en esa pequeña banca para siempre. La que se levantó de allí era otra niña.

Crecí bajo la estricta tutela de mi papá. Meses después de la muerte de mamá, mi tía Marina, la hermana menor de papá se instaló en casa para cuidar de mí. La tía víctima de la viudez temprana, había decidido no volverse a casar. Ella, todas las noches me llevaba a mi cuarto, me arropaba y esperaba a que me durmiera. Siempre fingía quedarme dormida y sentía como mi tía se deslizaba con cuidado fuera de mi cuarto y entraba al suyo. Todas las noches lloraba incesantemente por su esposo, aquel hombre que le robó el corazón una tarde de domingo mientras caminaba por la plaza del pueblo después de la misa. Lloraba casi por una hora todas las noches hasta quedarse dormida. Sólo en ese instante, donde la casa estaba realmente en silencio, yo lograba dormir.

Los años pasaban y mi rutina sería la de una niña común: ir a la escuela, hacer mis deberes, acompañar a papá de vez en cuando a la plantación y ayudar a mi tía en sus tareas de la casa y el bordado de croché que era nuestro momento especial. Mi tía era mi mejor amiga y aunque era algo solitaria, llegué a compartir momentos de felicidad jugando con los hijos de los peones y capataces de la quinta. Jugábamos a la pelota y a las escondidas en los campos de la siembra. Papá me castigaba cuando me escapaba a jugar con ellos. Decía que ese comportamiento no era digno de una señorita y verme embadurnada de pies a cabeza con tierra y barro le desataba un regaño que se oía a kilómetros de distancia.

Una calurosa tarde de domingo, varios hombres entraban en fila cargando cajas hacia el fondo de la casa. Detrás de la correría de baúles y valijas, un hombre serio y elegante se acercó a papá. Lo abrazó con la intensidad que sólo se expresan los hermanos que no se ven por décadas. Al verlos juntos comprendí que había un inmenso dolor de odios y reclamos que eran sanados de repente con un reencuentro. Este hombre particular era el hermano mayor de papá. El tío Marco Aurelio. Se instaló en la parte trasera de la casona, la misma que servía de cuarto de costura de mamá y que había sido abandonado como depósito de recuerdos dolorosos y herramientas inútiles.

Todos los días de esa semana, regresaba de la escuela y veía al tío Marco Aurelio organizar sus libros. Había instalado una inmensa estantería de dos paredes y observaba curiosa desde el patio, como diligentemente el tío tomaba libro por libro y lo acomodaba en un estricto orden, siguiendo una lista de inventarios que acompañaban su extensa colección. Autores, idiomas, ediciones. Todos organizados y conservados. Mi tío me observaba de reojo mientras continuaba su trabajo. Hacía parecer que no le interesaba mi presencia, sin embargo, al tercer día sin alejar su mirada de los últimos libros que tenía por catalogar, rompió su silencio "¿y la señorita me piensa ayudar? O se va a quedar el resto de la semana sólo mirando." Emocionada y curiosa me acerqué a él y pude observar la tapa de un maravilloso libro de colores exuberantes. "Divina Commedia" y estaba escrito en un idioma particular. "Italiano" dijo mi tío al ver la cara que hice al tratar de interpretar la escritura. Buscó entre los libros de la estantería más alta y me dio el mismo libro, pero en castellano. Me pidió que lo leyera y le dijera que pensaba de él. Aquella noche pude llegar a leer casi 200 páginas. El viaje de Dante y Virgilio me llevaron más lejos de lo que nunca pensé que podría llegar. Al día siguiente emocionada hablaba en el desayuno sobre la narración, los lugares y aventuras de los dos protagonistas. Sobre el infierno y el purgatorio y lo diferentes que eran de la visión que tenía de aquellos lugares por las clases de religión del colegio. Mi padre con su mirada inquisidora me interrumpió y sugirió que los libros eran solo historias inventadas para entretener incautos y que todo lo que debe hacer una señorita es pensar en servir a dios o conseguir un buen marido. La reacción en la mesa no se hizo esperar. Aunque el silencio fue sepulcral, el rostro de mi tío Marco Aurelio se enrojeció y bajó la mirada mientras se limpiaba la boca con la servilleta. Mi tía Marina me observó abriendo los ojos con intensidad tratándome de decir que era mejor que me callara.

Molesta regresé a mi cuarto y continué leyendo toda la tarde. No pensé en lo que papá me dijo. Era más interesante pensarme viajando por lugares maravillosos tal y como lo hacía Dante. Antes de la hora de dormir me acerqué a la biblioteca del tío. Él se encontraba absorto en las páginas de uno de sus libros. Al verme sonrió, dejó de lado su lectura y me estiró la mano para recibir el libro que le iba a regresar. Tenía la leve esperanza de que me lo regalara. Igual tenía uno igual, pero en italiano y este le sobraba. Tomó el libro y lo puso exactamente donde estaba el espacio que había dejado para él en su estructurado orden. Notó mi cara de decepción y esbozó una tierna sonrisa al ver mi cara. "Mija estos libros ya son suyos, pero tienen su lugar en la biblioteca. Los libros son como las personas que amamos, hay que valorarlos porque de ellos es que aprendemos lo importante de la vida y sólo nos piden que cuidemos de ellos. Que los tengamos a salvo en nuestra memoria y corazón. Puede agarrar el que quiera, pero debe recordar exactamente donde estaba y siempre llevarlo al lugar al que pertenece." Emocionada me acerqué a la biblioteca y leía tantos títulos que no sabía que escoger. El tío tomó un libro antiguo: "la Odisea" y me dijo que los viajeros necesitaban leer sobre viajes.

Miraba por la ventana el atardecer y pensaba ver ese mismo sol ocultarse desde los lugares que los libros de la estantería de mi tío describían. Pasaba por mi cabeza la inmensidad del mar, los grandes acantilados, la arena del mar Egeo y la impenetrable selva con sus misterios y fantasmas. Conocí a Virgilio y a Odiseo, lloré con los miserables y luché codo a codo con D´artagnian. Exploré la selva del Popol Vuh y viajé junto a Verne a la luna, exploré los mares y el centro de la tierra acompañándolo en su globo alrededor del mundo por 80 días. Los lugares y personajes revoloteaban en mi cabeza y en mis sueños cada uno de esos viajes se hacía realidad. ¿Qué sentido tendría vivir una vida de quietud y costumbre, si los grandes héroes iban y venían de una vida estática y tranquila a una gran aventura que les daba sentido a sus vidas? Esa era la gran pregunta que me atormentaba cada vez que papá hablaba de mi futuro. Mientras los años pasaban y mi cuerpo y mente crecían, la salud del tío Marco Aurelio decaía. Una extraña enfermedad lo aquejaba y su memoria fallaba. Recitaba pasajes de sus libros en perfecto orden, sin embargo, le costaba recordar a papá, a la tía o a los sirvientes de la casa. Conmigo era distinto. Me recordaba sin problema, no pasaba igual con nuestras conversaciones. Me daba los mismos consejos día tras día mientras recorríamos el jardín. "Para vivir realmente hay que conocer el mundo". Eso había hecho él y con los años supe que este sentido de libertad y curiosidad había sido la causa de la separación y el rencor que papá sentía hacia su propio hermano.

El abuelo había caído en la locura y el Tío Marco Aurelio como hijo mayor debía tomar las riendas de la casa. Papá había sido el hijo favorito y a pesar de eso, era el mayor el responsable de cuidar la casa familiar y todas sus posesiones. Al morir su padre, Marco Aurelio tomó las riendas de la herencia. Tiempo después había llegado a la región una maestra irlandesa Roselyn. Su belleza era incomparable y llegó a alojarse a la hacienda familiar por su cercanía a la escuela. El amor entre Marco Aurelio y la maestra fue a primera vista. Una mujer libre, culta y hermosa le había robado el corazón. Después de un año de amor furtivo y apasionado, Marco Aurelio partió con Roselyn sin avisar a nadie. Un buen día de septiembre desaparecieron. Dejó detrás de sí una carta a mi padre, cediéndole el título de las propiedades familiares y la administración de la plantación. Había llevado consigo solo su ropa y algún dinero que dejó asentado en los papeles que dejó a papá, donde tomaba su parte de la herencia y se liberaba de reclamar cualquier tipo de posesión después de partir. Mi padre con sólo veinte años ahora era el dueño absoluto de doscientas hectáreas de plantaciones de café y tabaco. Mientras Marco Aurelio surcaba el atlántico hacia Europa con su amada Roselyn, su mente no tenía otro lugar que el corazón de fuego de aquella joven maestra que lo llevó de la mano a recorrer el mundo.

Después de vivir en Francia, El Reino Unido y colonias europeas en áfrica y medio oriente, el tío se estableció en las montañas de Escocia y después de 30 años de amor y aventuras, su amada Roselyn murió de pulmonía. Nunca tuvieron hijos y su amor sólo permaneció para ellos, inerme y verdadero hasta que ella dio su último suspiro. Realmente Marco Aurelio sabía que aquella enfermedad de la locura era hereditaria y no quiso pasar por el dolor de pensar en tener un hijo que algún día perdería la razón. La soledad en medio de los grandes campos le pareció demasiada, y aquellos síntomas de pérdida de la memoria y migrañas le indicaron que no valía la pena morir de lejos de aquellos que compartían su apellido y su sangre. Regresó a Colombia y a las montañas húmedas de colores vivos esperando dejar sus asuntos pendientes antes de perder la razón.

Después de una fría tormenta de abril, Marco Aurelio, el hombre que me regaló la claridad de ver el mundo más allá del campanario de la iglesia y la vastedad de los andes, murió con una sonrisa en los labios. Regresó a la inmensidad del mar junto a Roselyn navegando en la eternidad. En su testamento sólo quedaron algunos ahorros, joyas y la biblioteca. Todo me lo dejó a mí. Junto a algunas cartas, encontré una nota cifrada con mi nombre. Eran coordenadas que usaba para catalogar sus libros. Busqué el tomo que correspondía a esa ubicación. Allí estaba la divina comedia en italiano y en medio de sus páginas un sobre. Era una hoja de ruta junto a un mapa. Y un mensaje. "Para mi sobrina que tiene el fuego en el corazón y el espíritu libre que sólo vi una vez en el rostro de mi amada Roselyn. Una ruta para que cumplas tus sueños y nunca pierdas la capacidad de asombro y la felicidad de hacer de la inmensidad del mundo tu propia casa". Junto a esta nota se encontraba un mapa y un itinerario. El mismo que llevó en su mochila mientras recorría el mundo con su amada del cabello de fuego.

Justo el mismo día que el tío falleció, mi padre acongojado retornó a su mirada inquisidora y volvió a poner en el limbo el cuarto del fondo.

Regresamos del funeral del tío y la casa estaba conmocionada y todos los criados y capataces de la finca se encontraban pegados al radio. Las voces al otro lado de la onda corta informaban de un terrible accidente de avión en el aeropuerto "Las Playas". El más grande artista de nuestro idioma había muerto en Medellín.

Llevábamos un mes de luto y mi graduación del bachillerato pasó desapercibida por la tristeza de la pérdida de mi adorado tío.

Era ya el mes de junio cuando decidí guardar mis vestidos negros y volví a mi vestido azul favorito. Esa mañana llegarían de Buenos Aires dos funcionarios argentinos que se alojarán en casa. Debido al estupor y la complicada situación que conllevaba la muerte de Gardel en la ciudad y su embajada les había aconsejado permanecer a las afueras del tumulto de la ciudad. El alcalde no estaba muy complacido de su presencia y para evitar suspicacias, decidieron que el campo era el mejor lugar donde esperar a que las diligencias que debían realizar se llevaran a cabo. Además, nuestra hacienda era por lejos, el lugar más presentable y cómodo de los alrededores del centro urbano.

Mi tía Marina y yo fuimos al mercado para traer productos de la mejor calidad para la cena de bienvenida.

Miré hacia arriba en la entrada de la casa sin razón alguna. Como si la simple sensación de ser observado se hubiera combinado con una fuerza incomprensible. Sus ojos azules atravesaban la cortina de velo y su delgada estampa estaba bellamente adornada por una camisa blanca y una corbata azul. Por instinto desvié la mirada y mientras entraba a casa, la sensación extraña de vacío en el estómago creció a medida que cruzaba el umbral del portón y mientras entraba a la sala de estar, lo vi bajar pálido por las escaleras intentando disimular su mirada fija en mis propios ojos. Con vergüenza y disimulando lo imposible, traté de mantener el recato temblando mientras papá me lo presentaba. Irónicamente no escuché su nombre. No podía decidirme si mirarlo a los ojos o mirar al suelo para que no notara que era lo más hermoso que había visto en la vida.

El desayuno no lo recuerdo, ni la charla de mi padre con los invitados. Mi imaginación volaba y pensaba en mi tío Marco Aurelio y Roselyn. Imaginaba ese primer instante donde sus ojos se encontraron y descubrieron que debían estar juntos para siempre. Este delgado hombre de tez blanca, barba de dos días y camisa blanca era tal vez ese mismo personaje que mi imaginación creaba sin rostro, pero repleto de detalles cuando leía una historia de amor. Los recuerdos se distorsionan y para mí no fue el tiempo, sólo instantes de evadir miradas directas y reír de lo que el otro decía. Era tímido, muy tímido, así mismo desbordaba inteligencia con cada comentario que hacía. Tenía las palabras correctas para cada uno de los temas que salían a colación en la mesa. La tarde pasó y con poco pudor según las estrictas reglas de etiqueta, me acerqué a él mientras descansaba en el patio y con los ojos vigilantes y cómplices de la Tía Marina, pude por fin romper el silencio entre nosotros. Mi padre desde su despacho lanzaba miradas vigilantes. Se aseguraba de ver a la tía en su papel de chaperona y de que mi conversación no generara demasiadas sonrisas. Ignacio empezó a hablar con mucha más confianza y cuando nuestra charla se fue hacia Homero y los clásicos griegos, sus ojos brillaban con una energía cómplice y su sonrisa era más segura y tranquila. Me preguntó si era verdad que la biblioteca era mía. Con orgullo y algo de ego dije que sí, y que había leído todos los libros. Sólo me faltaban los que estaban en italiano e inglés. El francés lo entendía porque las monjas del claustro eran francesas y era parte de nuestros deberes aprender la lengua franca. Ignacio con la seguridad que destilan los hijos de la tierra del tango, me dijo que se sentiría complacido si le permitía en sus ratos libres compartir esas lecturas que aún eran un misterio para mí.

Las noches eran más largas y las mañanas eran más brillantes. No conciliaba el sueño pensando en Ignacio tan cerca de mí día tras día. Aguardaba su regreso de Medellín siempre vestida y arreglada de manera casual, pero buscando siempre verme linda. El volvía junto al doctor De Abreu cerca de las 5 de la tarde cuando servían en la casa la merienda. A pesar de su cansancio, Ignacio se veía animado y sonreía al verme y con toda la cortesía de rigor me saludaba. Yo sólo quería darle un beso. Besarlo hasta que no pudiera respirar.

Mi tía cómplice siempre permanecía a mi lado vigilante de los movimientos de papá mientras Ignacio y yo compartíamos nuestras lecturas matutinas. Sabía que este impulso indescriptible era mutuo. Él sabía que lo amaba y yo sabía que él me amaba. Creció en mí la necesidad de decirle lo que sentía. Pasó un mes y los mensajes indirectos en la lectura se hacían obvios, sin embargo, siempre estábamos acompañados y no podía soportar tanto silencio. Había llegado el momento de decirlo de alguna manera. Recordé una vieja historia del tío Marco Aurelio cuando su amada Roselyn le dejaba mensajes en el vidrio de la ventana de su cuarto. "Cuando un suspiro de amor se encontraba con la ventana donde mirabas ver pasar la vida, se revelan secretos que sólo aquel que amas puede descubrirlos" fue así que, junto a su tetera de agua caliente para el mate de la tarde, le dejé esta frase escrita en italiano en un papel. Ignacio vio como el vapor de la tetera dejaba ver unas letras en el vidrio de la ventana y con un soplo de su aliento, la ventana reveló nuestro secreto a voces.

Sin importar qué pasara después, le escribí un "TE AMO" con mayúsculas. La Tía Marina a estas alturas lo sabía todo. Ella tenía libre acceso a las habitaciones de nuestros invitados y cuando me solicitaba ayuda para organizar sus camas o supervisar que la criada hiciera bien su trabajo, yo misma encontraba palabras o símbolos de respuesta a los mensajes que él me dejaba.

El Dr. Abreu se apresuró para salir a Medellín para una reunión con el alcalde. Era domingo y había sido invitado a un almuerzo fuera del protocolo. Le dio esa tarde libre a Ignacio que tanto esperamos. Papá estaba invitado también, así que aproveché y le pedí permiso para ir al campo. Ignacio y yo compartimos aquella tarde de sol y colores vibrantes donde éramos invisibles en medio de la multitud del mercado del pueblo y continuamos nuestro camino hacia Guatapé.

Mi tía permanecía cerca vigilante; pero no de mi virtud, cuidaba que nada ni nadie nos interrumpiera. No había palabras, sólo el atardecer arriba de la peña de Guatapé y el paisaje inmenso desde ese lugar mágico fue el escenario de un beso que llenó mi alma de felicidad y el sentir por fin su piel. Yo no era ajena al torbellino de sensaciones que mi cuerpo y mi alma trataban de contener. No desconocía lo que impulsa a los amantes a expresar su amor con una incontenible pasión. Después de probar sus labios, sentir su olor y la textura de su piel, de pasar mis dedos por su cabello mientras me abrazaba fuerte hacia él mientras me besaba; era inevitable no desear que me tocara.

El circo de Santana y sus hermanos había llegado a la ciudad directamente desde Venezuela. Habían recorrido las poblaciones costeras del Atlántico desde Uruguay. Belisario Santana era el maestro de ceremonias y dueño del circo. Los artistas procedían de una tradición circense creada por los hermanos Podestá. O eso era lo que aseguraba el viejo Belisario cuando Ignacio luego de uno de sus shows, se acercó a felicitarlo. Al reconocerse los acentos, inmediatamente el pintoresco hombre nos invitó a conocer el circo tras bambalinas. Su amistad con nosotros se convirtió rápidamente en una profunda complicidad hacia nuestro amor. El circo se había convertido en el lugar clandestino donde compartíamos tiempo juntos, lejos de los ojos vigilantes de papá y de sus responsabilidades laborales junto al Doctor De Abreu.

Cada fin de semana, partían los dos a Medellín a continuar las negociaciones con las autoridades colombianas para que permitieran la exhumación del cuerpo de Gardel.

Después de unas semanas, nuestras conversaciones con vino e historias con Belisario se alargaron más de la cuenta. La tía Marina aquella tarde se permitió quedarse con Belisario y los artistas compartiendo un vino Mendocino, mientras yo animada por la bebida y la alegría de este momento decidí que era el momento. Ignacio en nuestros momentos de soledad siempre mantenía un límite y aunque siempre estuve dispuesta a permitir que nuestra pasión se desbordara, él como un caballero se contenía. Esta vez realmente quería que este amor se consumara. Lo llevé a aquel hermoso paraje que colindaba entre la peña de Guatapé y el circo. En el claro del bosque donde nos besamos por primera vez, nos dejamos llevar por el fuego que nos inundaba y cobijados por una luna nueva brillante y el bosque con sus misterios y sonidos indescifrables, lo besé apasionadamente y le pedí que no se detuviera. Yo misma le quité la ropa mientras él emocionado y torpe trataba de soltar mi corsé. Completamente desnudos pude por fin ver la esencia del hombre que me amaba y mi cuerpo enardecido por un impulso indescriptible aceptó el suyo y fuimos uno por primera vez. No pensé en el dolor o en el pudor. No pensé en el cielo o el pecado, ni en la biblia o el futuro. No quería dioses ni bendiciones que se interpusieran entre el amor de mi vida y yo. Fuimos auténticos, desmedidos y desesperadamente felices. Hicimos el amor tantas veces como nos lo permitió el cuerpo y fue así cada vez que la oportunidad se daba. Desde aquella mágica noche fuimos uno para siempre.

Estar juntos se había convertido en una arriesgada pilatuna. Muchas veces nos veíamos en las noches en la casa cuando todos dormían, me escabullía hasta su cama o nos encontrábamos en la biblioteca. En el campo mientras realizaba mis deberes lo veía correr entre las plantas de café y en el depósito nos dejábamos llevar por nuestra pasión. Incluso aquel día que no pudimos contenernos y lo hicimos en la biblioteca con la puerta abierta mientras la casa estaba llena de visitas. Que nos descubrieran era tan fácil como que alguien se asomara por la puerta.

Dos meses después, aquella tarde del domingo cuando regresaron papá con el doctor De Abreu de Medellín fue diferente. Se reunieron con Ignacio en la sala, yo escuchaba desde la cocina atentamente las instrucciones que el doctor De Abreu le daba a Ignacio. Era la hora de partir. En dos días debían viajar a Medellín y estar presentes en la exhumación del cadáver. De Abreu viajaría en avión a Bogotá para arreglar los papeles de traslado mientras Ignacio debía iniciar una travesía hasta el puerto de Buenaventura para embarcar a Gardel hacia New York. Mi corazón se rompió en mil pedazos y la sola idea de perder a Ignacio me hacía perder la respiración. Mi Tía Marina, quien estaba a mi lado escuchando la conversación notó mi reacción. Sin yo musitar una palabra y tratando de disimular ante ella mi tristeza; mi adorada tía me abrazó.

En la madrugada Ignacio y yo nos vimos en la biblioteca. Conteniendo el llanto trataba de pensar claramente en las posibilidades de partir con él. Ignacio más tranquilo y consciente de la situación, pensó en pedir formalmente mi mano. Yo alterada le aclaré que mi papá no era mi dueño y que jamás permitiría que me fuera. Él buscaba un hombre que reuniera sus requisitos para que heredara junto a mí su hacienda. Decidimos entonces buscar la alternativa de que yo partiera después. Ágilmente Ignacio pensó en Belisario.

En la mañana advertí a mi tía que distrajera a papá y nosotros a todo galope tomamos el camino al circo.

Encontramos a Belisario dando de comer a sus animales y al ver nuestras caras llamó a uno de los chicos del circo para que nos recibiera los caballos. Entramos rápidamente a su carpa. Afanosamente empecé a explicarle la situación. Obviamente él no entendía nada. Ignacio me calmó y describió la situación con tranquilidad. Además, le indicó su itinerario en los próximos dos meses. Belisario le explicó que él partiría desde Medellín por tierra por la frontera del Perú y de ahí a Brasil y que estaría en la tercera semana de enero en el primer puerto brasilero cerca a la Guyana. Fue así como se fraguó el plan. Ignacio partiría el 19 de diciembre con Gardel y yo me iría la noche de año nuevo con el circo. La última semana de enero nos encontraríamos cerca de Rio de janeiro. Nos casaríamos en Brasil e iríamos a Buenos Aires donde nos embarcaríamos a Escocia. Viviríamos nuestro amor en la casa del Tío Marco Aurelio.

Aquella noche Belisario cerró este compromiso con nuestro amor dándonos un par de anillos. Los mismos que habían pertenecido a él y a su difunta esposa. Belisario juró por todos los dioses cristianos y gitanos que cuidaría de mí como ha cuidado de sus artistas y que nunca me faltaría nada. Que esta promesa tiene la condición de que permita que él sea el padrino de nuestro primer hijo.

Regresamos a casa rápidamente antes de que papá despertara. Nos prometimos que sobreviviríamos a nuestro amor.

Fue así como estuve del otro lado de la ventana de su cuarto viéndolo partir. Aunque con la esperanza de que el amor superara todo lo que la distancia y la espera hace con aquellos que se prometen amor eterno, yo sabía que todo en la vida tiene un principio y un fin, que la espera es sólo parte de ese camino y que son los instantes sin medida de espacio y tiempo los que construyen los amores valientes y eternos. Aquellos que no desfallecen en la muerte o en la soledad.

Ahora era mi momento. Yo misma emprendería mi propia travesía.

VI.

Regresamos a Medellín temprano en la mañana. Era hora de visitar la cripta y comenzar con el proceso de extraer el cuerpo de su improvisada tumba y regresarlo a donde pertenecía. Nos esperaban en la puerta del cementerio el alcalde con su secretario y algunos abogados. Detrás de ellos el obispo de la ciudad y su secretario. Un cura de aspecto recio que parecía más un guarda espaldas. Antes de empezar a revisar el estado de la tumba y empezar a discutir los pormenores del procedimiento el Obispo Salazar y Herrera se interpuso y declaró solemnemente que en las tierras colombianas las tumbas no se profanan. Ofuscado el Dr. De Abreu le hablaba directamente al alcalde." ¿Quién manda en este país Echeverri, los políticos o los curas?" - "Obispo" interrumpió el cura "y se dirige a él cómo excelencia". De Abreu replicó ignorando las palabras del odioso cura. "El gobierno argentino me ha enviado por Carlos Gardel, el cual reposa en esa cripta sin autorización de su familia, a miles de kilómetros de su familia y amigos cercanos. No sé qué tan cristiano puede ser eso". Echeverri afligido y apenado trataba de explicar su posición: "Son leyes, las leyes de nuestro país. No es legal exhumar cuerpos en territorio colombiano, es un delito además de ser pecado". De Abreu respondió que Gardel no es colombiano. En un instante en mi cabeza dio vueltas una idea bastante retorcida pero sumamente clara. En las calles se hablaba de la nueva atracción turística.

El último lugar de reposo de Gardel era el perfecto nuevo lugar de peregrinación de los admiradores que la ciudad tanto anhelaba, y esto le traería importantes ganancias a la ciudad. En un momento alejé a De Abreu del grupo y le comuniqué lo que había deducido. El obispo interrumpió la conversación y descaradamente anunció que haría todo lo posible por traer a la madre de Carlos y a sus dolientes y les daría la oportunidad de llorarlo el tiempo que fuera necesario. De Abreu lo calló de manera tajante. "yo no pertenezco a su congregación, no practico su fe, no le debo ningún favor a su tierra ni a sus autoridades. Carlos Gardel se va con nosotros. Y olvídese Echeverri que va a hacer de la muerte de un hombre una atracción turística. Esto va más allá de sus pretensiones y ambiciones. Es un problema diplomático. Pregúntele al presidente López si quiere un desfile de peregrinos y fanáticos, o prefiere continuar teniendo relaciones comerciales con Argentina y sus socios". Se dirigió a mí: "Terminemos con esta estupidez Ignacio, regresemos a la hacienda y usted Echeverri dígale a ese cura impertinente que no le va a impedir a una madre honrar a su hijo como es debido". Sin otra palabra que decir, retomamos el camino hacia el auto. Ya en la ruta, me solicitó enviar inmediatamente una misiva a la embajada argentina para que se comunicara directamente con la oficina del presidente López y la petición de exhumación debía ser firmada lo más pronto posible. Me pidió que expresara las oscuras intenciones del alcalde y el obispo. Redacté la carta a mi llegada y la envié inmediatamente.

Los días en la hacienda se hacían cada vez más intensos y felices. Cada mañana me dedicaba a hacer mis tareas de secretario. Llevando la correspondencia y manejando la agenda del Dr. De Abreu. Pero María era a razón de mi felicidad. Desde aquella tarde cuando la vi a través de la ventana, no me importó la política, ni la misión que se nos había encomendado. Ya nada más importaba.

VII.

Había llegado la hora de partir. Decidí no mirar atrás con nostalgia. Sabía que Belisario cuidaría de ella. Sabía que era una mujer fuerte y María no se doblegaría ni perdería el impulso. Estaríamos juntos, de una vez y para siempre.

El auto salía del camino de tierra entre los cafetales y tomaba la carretera principal. El verdor de las montañas y los colores no paraban de sorprenderme. Después de estar tantos días en estas tierras, cualquiera pensaría que uno se termina acostumbrando. Sin embargo, mis ojos dejaron de lado las bellezas naturales para solo admirar una.

De Abreu me esperaba en el cementerio de Medellín. Esa misma mañana la cripta se abriría y Carlitos iniciaría su camino de regreso. Al llegar una multitud impedía el ingreso a las puertas del campo santo. Iracundos y desbordados gritaban improperios contra nosotros. Nos llamaban sacrílegos, saqueadores, ladrones, etc. Alcancé a contar 5 o 6 tomatazos estrellándose en el auto mientras nos abríamos paso entre la gente. La policía cerró la puerta y con miradas desafiantes nos observaban mientras el chofer y yo nos bajábamos. Parecía que tenían más ganas de abrir la puerta y que la turba nos linchara que ponerse en frente protegernos. Al fondo, donde se encontraba la tumba estaban las autoridades de Medellín junto a los hombres que trabajaban rompiendo la lápida y la tapa de la cripta con partillos y cinceles.

De Abreu me agarró por detrás y temblando de la ira me informó sobre la situación. "Ignacio, estos miserables nos re cagaron" Sorprendido al escuchar esa frase del correctísimo Dr. De Abreu, me entregó el itinerario que había "facilitado" el gobierno colombiano. Al leerlo, no lo podía creer. Tendría que abordar un tren desde Medellín hasta un pueblo perdido en medio de la cordillera, remontaría la montaña a lomo de mula hasta llegar a otra población donde otro transporte terrestre me llevaría al puerto de Buenaventura por el pacífico. Embarcaría hasta Panamá, cruzaría el canal y allí cambiaría la embarcación para llegar a New York, donde le rendirían un homenaje. Luego bajaría por el atlántico por los puertos de Guyana, Brasil, Montevideo para arribar a Buenos Aires. Sorprendido atiné a decir: "pero si el puerto de Barranquilla está a 300 kilómetros". De Abreu me respondió irónicamente "¿y vos que crees que significa esto? Quieren que desistamos de sacarlo de aquí complicando las cosas. La orden del gobierno argentino es sacarlo de aquí y el gobierno colombiano nos da esta única ruta de salida". Yo tenía una razón para no alargar más esta misión. "Usted váyase a Buenos Aires Dr. De Abreu, yo llego con Carlitos". De Abreu sorprendido pero satisfecho se dio vuelta y en voz alta le dijo al obispo, al alcalde y sus lacayos: "Aceptamos sus condiciones de viaje". Firmó los documentos y se los entregó al alcalde Echeverri.

La cripta se abrió. Todos con pañuelos en la mano para evitar el golpe de olor que lanzan las tumbas abiertas. El cajón estaba bien conservado, pero algo corroído por la humedad. Se decidió pasar sus restos a uno nuevo, el cual estaba reforzado por una impresionante capa de aluminio reforzado. Brillaba como el sarcófago de un faraón. Nada más merecía un hombre de la importancia de Gardel. Abordamos la carroza fúnebre y nos dirigimos directamente a la estación del tren.

Mis razones de emprender este largo y tortuoso viaje eran simples. María emprendería su propia travesía y yo debía llegar a ella sin importar cuánto tiempo me llevara hacerlo. Permanecer aquí significaba tenerla cerca, pero perderla para siempre.

El embarque del cuerpo fue simple. Viajaría sólo y en cada etapa del viaje, se me asignarían escoltas locales. Otra treta más para librar responsabilidades si alguna situación grave llegaba a suceder. De Abreu emprendió su viaje a Barranquilla para embarcarse a Francia. Iría a buscar a la madre del Zorzal y la instalaría en Buenos Aires para recibir el cuerpo en su arribo. Los trenes colombianos eran particularmente pequeños. Las líneas férreas eran delgadas y las locomotoras eran muy antiguas. El tren remontaba la montaña con mucha dificultad. Al notar el intenso movimiento de los vagones, pedí que el féretro se asegurara con cuerdas y bases remachadas. Pensaba que el trayecto en tren sería el más seguro.

En pueblos y estaciones intermedias la gente se agolpaba al tren y los curiosos buscaban la manera de entrar y observar el féretro y rendirle homenaje. Las mujeres lloraban y los hombres limpiaban sus ojos con pañuelos disimulando su pesar. Los niños curioseaban y se subían por el exterior del tren para observar. Las autoridades de cada población se ubicaban en las estaciones, daban discursos y los curas improvisaban una misa. En todas las paradas yo debía salir, saludar a las autoridades, esperar de pie los protocolos, recibir abrazos, flores, dulces, viandas, bebidas. Nunca había comido tanto, bebido tanto y jamás me habían dolido tanto las rodillas como esos tres días que me parecieron eternos. Todas las poblaciones tenían esa imagen de postal. Eran casas coloniales de balcones floridos y tejas de cerámica cocida. De puertas abiertas y animales en las calles. Con niños corriendo por todas partes y hombres descamisados tomando el sol de la tarde después de largas jornadas de trabajo en el campo. Pero fue en Caramanta, un pueblo hermoso en la falda de la cordillera, donde nuestra primera etapa del viaje tendría su primer descanso. Me puse mi mejor traje a pesar del calor y el bullicio y algarabía que se escuchaba a varias leguas de distancia. Mientras el tren se acerca a la estación, los colores de la comparsa de bienvenida empiezan a irrumpir por las ventanas de los vagones. Las serpentinas empujadas por el viento se cruzaban por los lados del tren y de repente la montaña se abrió entre la vegetación y el aplauso estalló con el sonido de la banda del pueblo y las ovaciones por el arribo del artista. El tren silbaba mientras se detenía y yo nuevamente estaba preparado para ser el acompañante del ilustre visitante.

PARALELA 3

L A NOSTALGIA DEL NIÑO CURIOSO

El día era gris, aunque las nubes dejaban asomar algunos rayos sobre la cordillera. Era viernes y como de costumbre el pueblo se preparaba para las celebraciones del quinto día de la novena de aguinaldos. El ritual de las nueve noches anteriores al nacimiento del niño Jesús que era acompañado por adornos multicolor, postres y fuegos artificiales. Mientras el reloj daba las 10 de la mañana y la casa se inundaba de olores de guiso y chismes matutinos, mi padre se sentaba en su mecedora del patio y leía la prensa, mientras yo terminaba de preparar mi cuaderno de catequesis y mi ropa de la iglesia. En aquellos días me preparaba para mi primera comunión y mientras esperaba la hora de salir a mi clase, miraba por mi ventana.

Era un veinte de diciembre de 1935 y Caramanta, Antioquia, el lugar que describo, era como el último rincón de la tierra. Hasta acá llegaba el tren, hasta acá había carretera. Todos los que llegaban aquí se daban media vuelta y regresaban. Era como estar al filo del mundo.

Antes de que se sirviera el almuerzo llamaron a la puerta; era Florencio, el sacristán del pueblo. Urgentemente solicitó hablar con mi padre. La conversación fue íntima y casi a susurros, luego mi padre despide a Florencio, se me acerca y tajante me dice: "Deje sus cosas y vamos, hoy no hay catequesis, hoy hay un funeral".

¿Por qué no sonaron las campanas de la iglesia?, las mismas que anuncian que la muerte hizo de la suyas en el pueblo y así todos nos enteramos. Pensé que por la seriedad de la situación el muerto parecía importante. Caminamos rápidamente hacia la estación del tren, el viejo ferrocarril de Antioquia que traía noticias y visitantes llenos de mercancías o curiosidades. Ese día traería algo más.

Lentamente el tren se detuvo y del vagón de primera clase descendió un hombre vestido de negro, con chaqueta y pantalones de paño. Su cabello perfectamente peinado a pesar de que acababa de sacarse el sombrero. Era muy blanco y su piel algo enrojecida por el calor y se veía particularmente distinto a cualquier persona que hubiera visto en mi vida. Su acento era diferente y su respetuosa forma de saludar lo mostraba muy similar a aquellos galanes de las películas que veía a través de la pantalla del cinematógrafo en el teatro del pueblo.

El cura párroco y el alcalde le dieron la bienvenida, mientras el hombre se abría paso entre los saludos y reverencias, detrás de él, una cuadrilla de muchachos salían a discreción y sincronizados bajando un féretro brillante y plateado de un tamaño enorme y acompañado por una comitiva de Medellín.

El hombre altivo se acercó a nosotros, mi padre lo saludo y me dijo: "hijo salude al señor". Absorto por la imagen de aquel inmenso cajón, salude al misterioso hombre sin quitarle los ojos de encima a ese espectáculo casi irreal de estar dándole la bienvenida a un muerto.

La banda del pueblo toco el himno nacional y prosiguió con un popurrí de música popular, el mismo que tocaban en la novena y en las celebraciones de la cosecha del café y las verbenas de la iglesia. Mi confusión fue mayor al escuchar las canciones que cantaban mi padre y sus amigos al calor del aguardiente en la sala de la casa en plena procesión. Y yo pensaba: ¿Luego esto no es un funeral?, parece una fiesta.

Las ocho cuadras hacia la iglesia se llenaron de los habitantes del pueblo, agitaban pañuelos y con sus vestidos de luto, las muchachas lloraban al muerto como si fueran sus viudas. Impresionado seguí caminando al ritmo de los aplausos de aquellos que se asomaron a sus balcones y vitorearon a la comitiva, y lanzaban flores al paso del resplandeciente cajón.

Mi imaginación empezó a tratar de dar respuestas: pensé en que podría ser un antiguo rey de un país lejano que se perdió y mientras buscaba el camino a casa vino a parar acá, al fin del mundo y antes de dar la vuelta como hacen todos se murió. También pensé en que podría ser un mago, que como parte de su acto se hacía el muerto y volvería a la vida en una gran fiesta el día de navidad, o en año nuevo. Tal vez ahí no había un cadáver, sino un tesoro de un pirata que se le perdió el mar, o de algún bandido de la guerra con los que peleó mi papá. Pensé en esas y otras mil alternativas.

El padrecito hizo una bendición al brillante cajón y lo dejó velando como hacen con los muertos al otro día que de que se mueren. Las señoras iniciaron con las oraciones de rigor, incluyendo la repetición del "dale señor el descanso eterno y brille para él la luz perpetua", una y otra y otra vez. Ahí supe que si era un muerto, un muerto viajero, un muerto visitante de poblaciones que era famoso por no estar enterrado e iba de un lugar a otro recibiendo homenajes. Me sentí un poco satisfecho al pensar que esa era la respuesta.

Todos se reunieron alrededor del ataúd brillante y misterioso que reposaba en la sala de velación de la parroquia y del que todos sabían menos yo.

Entre la muchedumbre crucé hasta la procesión que llevaba de nuevo al resplandeciente ataúd hasta su última morada. Agarre a mi papá de la mano y asumí nuevamente la actitud de luto para no desentonar. Mis dudas serían resueltas cuando llegáramos al cementerio y al menos, la lápida de la tumba donde llevábamos al cajón misterioso revelaría un nombre y tal vez un epitafio que descifraría el misterio. La calle principal se acabó, allí estaban las puertas del panteón municipal donde además de los fundadores del pueblo, reposaban los primeros colonos y habitantes influyentes, incluyendo a mis abuelos. Pero cuál sería mi sorpresa al ver que la procesión pasaba de largo. Fue un escalofrío lo que sentí cuando resolví que tal vez aquel personaje no merecía estar en el campo santo y sería sepultado en el cementerio de los suicidas, el lote contiguo lleno de almas perdidas y cadáveres sin nombre, de enemigos de las guerras que tuvieron lugar aquí, así como de aquellos hombres y mujeres que por amor o tristeza resolvieron matarse a sí mismos. Pensé que aquel misterioso ser entre la caja era un suicida. Pero el ataúd y su escolta siguieron de largo.

Mi mente se confundió y olvidé el pudor respetuoso de la situación y como un infante inconsciente le pregunté a mi papá en vos alta: ¿para dónde van con ese muerto entonces? Mi padre se quedó paralizado de la vergüenza, en ese momento el hombre del sombrero y la gabardina, el extranjero se dio vuelta y se me acerco. Con suave vos y de manera cordial me dijo: "Carlitos debe volver a casa".

En silencio continuaron su camino hacia la montaña y los vi adentrarse por los caminos antiguos, los mismos que quedaron abiertos desde la campaña libertadora. Cruzando la montaña hacia el interminable Océano Pacifico el resplandor plateado brillaba con el sol entre la espesura del monte. Pocos sabrían que aquel gran cantante, aquella estrella del cine y conquistador de almas, que aquel ser inmortal por la música y la poesía; Carlitos Gardel, se remontaba por el verdor de la montaña a lomo de mula, el cual, para volver a su hogar tuvo que pasar por este pequeño pedazo del mundo y lo cambió para siempre.

VIII.

Lentamente los caminos se hacían más angostos. El último pueblo en las faldas de la cordillera se perdía mientras remontábamos la montaña entre flores coloridas e inmensos parajes de pastos verdes y helechos. El camino se hacía mucho más escarpado y "Urrego" el burro que cargaba en su lomo el inmenso ataúd, sorteaba los obstáculos naturales que el camino dibujaba serpenteando entre la tupida vegetación. Me acompañaban Gildardo y Josafá. Dos hermanos mellizos que cruzaban estos caminos varias veces al mes con mercancías del puerto de Buenaventura hacia el centro del país. Hijos de un colono dueño de una pequeña parcela y una hija de esclavos liberados. Mientras el calor y los bichos hacían de las suyas conmigo, escuchaba las historias que Gildardo contaba apasionadamente sobre los parajes que con tanta dificultad cruzábamos en ese momento. "Los caminos por la montaña son los mismos desde hace siglos. Los marcaron los Muiscas y sobre ellos caminaron los españoles en su conquista de la tierra y después el propio libertador". Urrego mantenía el equilibrio de su carga mientras Josafá se quejaba de que su hermano hablaba más que lo que trabajaba. La montaña parecía eterna y el agua fluía en diferentes direcciones en cada riachuelo que cruzábamos. La noche caía y cada vez que remontábamos la pendiente, el escenario se tornaba más frío y húmedo. La noche llegaba temprano en el monte. Mientras el viento de la montaña irrumpía entre la vegetación y el ruido infernal de las hojas y troncos vibrando a su paso, el pequeño burro se agitaba y jalaba en dirección contraria del camino. Josafá con un tono de voz ominosa dijo "Es mejor acampar aquí. El monte está inquieto". Ante esta declaración, yo mismo pensaría en otras circunstancias que eran idioteces. Pero era evidente que algo más allá de lo comprensible a mi acostumbrado escepticismo, se manifestaba en esa montaña. Descargamos el cajón con cuidado y lo cubrimos con una inmensa lona que guardaban bajo la montura del burro. Con maestría los hermanos levantaron algunos troncos e hicieron una fogata. El fuego llega a reconfortar de maneras inesperadas. El aguardiente que tanto critiqué era casi maná en medio del páramo donde la noche nos encontró y el calor del inicio del viaje se había convertido en un frío que calaba los huesos. Las horas eran eternas en medio de una oscuridad que nunca habría experimentado. La fogata poco a poco se iba apagando y mientras mis acompañantes roncaban como si durmieran en colchones de plumas, yo intentaba dormir. A veces lograba ese estado de desconexión total y regresaba al estado de conciencia repentinamente. Miraba el reloj con la poca luz que resplandecía de los troncos calcinados. Imaginaba que pasaban horas, cuando sólo eran minutos los que lograba dormir. A veces regresaban los estremecedores resoplidos del viento entre los árboles, pero esa brisa fría nunca me tocaba la piel. Era como si el viento nos esquivara y enfurecida la montaña nos exigiera que la dejáramos sola y en paz.

En esta larga noche, pensé en la fragilidad de la vida, en lo fácil que sería perderse en esta selva y no salir de ella jamás, en lo cruel que el destino pudo ser con el hombre que yacía en aquella caja y en lo absurdo que era estar con él en este lugar perdido en el tiempo y tan lejos de la civilización. Tuve tiempo para pensar en mi propia fragilidad, en la esperanza de volver a ver a María Paulina y amarla hasta el final de mis días. Pensé en lo lejos que estaba de casa, del Buenos Aires abarrotado de personas y de su particular manera de acelerar el tiempo cuando vives en ella. Veía al cielo donde la vía láctea se asomaba entre la maleza y las hojas, y de repente el frío, la soledad, el miedo y la nostalgia se perdieron en la inmensidad del cielo nocturno que no tenía una luna, sino millones de soles que se mostraban con tanta majestuosidad que todo quedó atrás. Será este un lugar en el mundo que jamás olvidaré. Y mientras esa fragilidad de ser tan minúsculo en un universo infinito se expresaba con tanta belleza, la paz de sentirse vivo hizo que el sueño llegara por fin y plácidamente dormí hasta que el sol se asomó por la cima de la montaña.

Desayunamos con una hogaza de pan y salchichón. Amarramos de nuevo el pesado ataúd al lomo de Urrego y remontamos la cima con facilidad. Luego irónicamente el camino vendría a ser "Cuesta abajo" como la canción. Con agilidad íbamos descendiendo en zigzag por parajes abarrotados de piedras sueltas y barro. Con agilidad los mellizos conducían al viejo burro por los senderos más seguros y yo detrás de ellos tratando de mantener el ritmo y evitando caer en un lodazal o en un abismo. Al final de la tarde y exhaustos pasó algo que trascendería en las historias populares de la región. Eran casi las 6 de la tarde y el terreno escarpado se tornaba resbaloso por una pequeña llovizna que nos venía acompañando desde el mediodía. A lo lejos se veía una pequeña cabaña que estaba al final de la última pendiente que debíamos sortear. De repente Urrego el burro trastabilló y los mellizos lo frenaron del lazo para que no se cayera. Como un bólido, el cajón salió despedido por el desfiladero de hierba. Asustadas algunas vacas corrieron para alejarse del camino del ataúd y este aceleró por la pendiente hasta terminar furioso dentro de la cabaña rompiendo la puerta y tumbando los muebles de la sala de un pobre hombre que la habitaba. De la misma manera corrimos a buscar el cajón esperando que no se hubiera destruido y sobre todo que no hubiera lastimado a nadie. Al pasar el umbral de la puerta vimos a un hombre de mediana edad acurrucado sobre una silla con una taza de café en una mano y abrazando a su perro con la otra. Con los ojos desorbitados no podía digerir lo que acababa de suceder. Todo este episodio terminó con un café caliente y una gran historia de cómo un hombre fanático del tango terminó por accidente, siendo el anfitrión de Carlos Gardel. Continuamos después del agasajo caminando hacia la carretera principal del pueblo, donde nos esperaba un viejo camión que nos llevaría al puerto de Buenaventura.

PARALELA 4

PITONISA

Me encontré escondida viajando en la parte trasera de aquel viejo camión y el camino serpenteaba por las montañas, mientras dejaba la casa de mi padre.. Mientras cruzábamos por parajes hermosos, la brújula del tío marcaba ese sur que significaba ir lejos de la vida que fue planeada para mí y de la cual ya no era parte. Llevaba en mi mochila además de mis libros más preciados, el mapa y la nota de mi apreciado Tío Marco Aurelio. Un día entero de camino tardamos en arribar. La frontera estaba al frente y el miedo de ser descubierta me agobió de repente. Tal vez papá había dado aviso a la policía. Tal vez me buscaban por cielo y tierra. Belisario me tranquilizó y mientras bajaba del camión me guiñó el ojo, me entregó un vestido lleno de adornos extravagantes y un velo de encaje que me cubría el rostro. Escuché a Belisario acercarse a la patrulla fronteriza y con voz estridente saludó al capitán con nombre propio. Los soldados procedieron a revisar el camión. Con tranquilidad me presentó. "Capitán ella es Nanechka de las tierras inhóspitas de los Cárpatos. Pitonisa y lectora de cartas. Habla muy bien el castellano, pero llegó hace un año a Colombia en un barco de refugiados de la guerra. No tiene documentos, pero le aseguro que es parte de la compañía desde que la descubrimos en Cartagena leyendo la suerte a unos marineros".

El capitán no pareció extrañado y nos dejó pasar.

La brújula empezó a virar de a poco hacia el oriente y por tierras peruanas y ecuatorianas llegábamos a traer un poco de entretenimiento y esperanza a pueblos olvidados en el tiempo y personas que vivían vidas sencillas. Yo ya no era María Paulina, era la pitonisa Nanechka y fingía un reforzado acento cuando la situación me lo sugería. Entre las cosas de la fallecida esposa de Belisario se encontraba este cuaderno de anotaciones sobre cómo leer las cartas del tarot y las líneas de la mano. En pocos días entendí que la quiromancia venía más de las probabilidades y el leer los detalles de las personas en sus rostros y en las preguntas que hacían y se respondían a sí mismos desde el simple ejercicio de sentir que eran escuchados. Podría ser un timo, pero mirar en los corazones de las personas podía ser un aprendizaje maravilloso, sólo comparable a la felicidad y sabiduría que los libros me habían dado desde que aprendí a leer.

El circo era realmente un espectáculo itinerante, donde ubicábamos una pequeña carpa y se vendían entradas para ver varios actos. Una rutina de payasos; protagonizada por Pipo y Pepo, dos hermanos argentinos, Andrés y Joni, que se educaron en las rutinas aprendidas por Belisario en la escuela de los hermanos podestá. A continuación, entraba en escena Su Ling, una esbelta mujer china, quien había nacido en tierras americanas y había quedado huérfana por azares del destino y terminó en Buenos Aires en un orfanato a los 14 años con la habilidad del equilibrismo y la contorsión. Su belleza asiática la hacía muy apreciada por los espectadores, pero su corazón pertenecía a "Pepo" o mejor dicho a Joni, el artista que lo interpretaba. Luego irrumpía en escena "Canuto" un hombre de pequeña estatura con una destreza impresionante con los cuchillos. Lanzaba con precisión a globos, dianas en movimiento y finalizaba con Su Ling o algún valiente del público sosteniendo la clásica manzana en la cabeza donde este impresionante hombre subido en un banquito de espaldas podía partirla a la mitad sin lastimar al suertudo voluntario. Para finalizar el número principal era El gran Mago Belisario que hacía algunas rutinas de cartas con el público, acompañándolas con trucos de adivinador y levitando objetos. Pero el remate y número que lo caracterizaba era el escape de la camisa de fuerza en el estanque. Aquel truco que le costó la vida al gran Houdini. Obviamente las circunstancias de su ejecución eran muchísimo más simples que el truco original, sin embargo el agua y los candados que sustentaban esta historia, le daban aquella mística mortal que hacía que los asistentes rompieran en júbilo, después de ver a este hombre por varios minutos aguantando la respiración mientras se soltaba de las cadenas y las ataduras que lo acercaban a la muerte, salía triunfante por la bocanada de aire que significaba la vida misma y acompañado por el aplauso estruendoso.

Mi lugar estaba en una pequeña carpa cerca a la entrada de la carpa principal. Las personas acudían a mi consejo mientras esperaban las funciones del circo. No era una atracción ni un espectáculo lo que yo hacía. Era más bien un foco de esperanza y consuelo para aquellos que buscaban una respuesta a sus aflicciones, deseos o miedos. Sus historias llenaban páginas y páginas de un diario que me acompañaba en las noches y del cual esperaba compartir mis memorias del viaje con Ignacio.

Las mañanas eran hermosas. Los pájaros y demás criaturas de la selva creaban este fondo perfecto de sonidos sólo comparables con la belleza de la música. Los colores eran tan intensos y variados que a veces los ojos se perdían en la espesura tratando de identificar cada uno de ellos. Hacía las labores de limpieza junto a los compañeros del circo.

Dejábamos el lugar exactamente a como lo encontramos y partíamos en el viejo camión hacia el siguiente pueblo. Cada historia, cada personaje, cada palabra que aquellos seres consultaban en mi supuesta clarividencia me hacían más sabia, más amante de la vida, más deseosa de encontrarme de nuevo con el amor. Quería compartir las pequeñas cosas de la vida con esa misma pasión pura y libre de ambiciones que se reflejaban en los deseos y preocupaciones de mis clientes. Alguna vez escuché a mi querido tío decir que la vida no se mide con el tiempo, son solo instantes que te dicen que estas presente y que existes de verdad.

IX.

Dejamos los caminos de herradura después de las 6 de la tarde. Con el ocaso, la carretera se veía a lo lejos y el camión contratado por la gobernación para llevarnos al puerto esperaba a un lado del camino. Con cuidado los hermanos subieron a Carlitos a la parte trasera y yo me despedí de ellos con la misma camaradería y confianza con que habíamos superado las vicisitudes de la montaña. Nos quedaban algunas horas de camino, las cuales aproveché para dormir.

Entrada la madrugada, el conductor del camión me despertó y ya estábamos a un lado del "Santa Mónica". Un barco de carga pequeño y bastante viejo. Afortunadamente este sería sólo el carguero que nos transportaría por un corto viaje de dos días hasta el canal de Panamá donde en el puerto de Colón abordaríamos un Barco de pasajeros mucho más apto para el viaje.

El pacífico era más oscuro de lo que llegué a imaginar. Sus aguas eran mucho más densas que el colorido Caribe que conocí al llegar a Colombia. Me recordaba más a ese mar azul y frío de mi infancia cuando íbamos a ver a los tíos en Mar del Plata o en cualquiera de esas pequeñas poblaciones del atlántico sur donde pasamos veranos felices.

Pasé el día descansando en una vieja litera amarrada fuera de mi camarote. El agua tranquila llevaba al viejo barco sin contratiempos hasta su destino. El olor a sal y la pesca de la tarde fueron un gran motivo para desear que este viaje nunca terminara. Después de comer el mejor pescado que probé en mi vida, continué mi siesta pensando en el futuro que me aguardaba. Una playa, una vida simple y la mujer que amaba.

El puerto se divisó a lo lejos, atravesamos el canal etapa por etapa, mientras una por una, las compuertas se abrían y se cerraban. Era sorprendente la complejidad de algo que a mi parecer era muy simple: unir dos cuerpos de agua. El capitán me invitó a la cabina mientras se realizaba este complejo procedimiento y me explicó que los dos océanos no tenían el mismo nivel. Así que no era simplemente abrir una zanja en la tierra.

Nos acercamos a media marcha hasta el puerto y al traspasar el último dique, el capitán me señaló el hermoso barco que nos aguardaba. "Debe ir inmediatamente y abordar la otra embarcación. Este pueblo es muy peligroso". Tomé mis cosas a la espera de abordar y tomarme un baño y descansar de los alcaldes y los aviones, de la montaña y los pueblitos, de las literas y las historias, de los burros con personalidad y los cuentos matutinos, los camiones en caminos de tierra y los ataúdes que viajan raudos por el campo. Sólo quería llegar a María Paulina y al resto de la vida que nos esperaba juntos.

El "Santa Rita" me tenía preparado un camarote de lujo, una inmensa cubierta con un salón de baile y muchos turistas. El capitán de esta embarcación se presentó con su tripulación poniéndose a mi servicio. "No es para menos, usted acompaña a Gardel, el barco está a su entera disposición". Para mí los lujos me eran incómodos y tanta etiqueta me resultaba absurda. Me dediqué a sonreír y saludar y mientras todo esto sucedía, me fijaba hacia el puerto de carga, asegurándome que el ataúd estaba seguro y en buenas manos. Bajé a corroborar junto al capitán que la carga estaba asegurada. Fue así como pasé la noche de año nuevo. Con un muerto y un polizón que descubrí escondido tras el féretro de Gardel y que decidí no denunciar porque era sólo un chiquillo y además nadie en ese barco podía estar más cerca de mi forma de ver el mundo que un muchacho que al igual que yo se dio a la mar sin nada que perder en el camino. Brindamos por la vida, la aventura y el amor.

El silbato anunció la partida y el atlántico nuevamente era el viejo conocido de colores vibrantes y aguas cristalinas. Ahora la capital del mundo era quien nos esperaba.

PARALELA 5

EL RELATO DEL POLIZONTE

Hoy desembarcamos en el puerto de Buenos Aires. El carguero "Morgan" la embarcación de la que soy capitán remonta desde el atlántico sur la curva cerrada que rodea la ciudad de Montevideo y prosigue a toda velocidad por la copiosa lluvia que impide tener una buena visibilidad. El olor salado del mar al que estoy más que habituado empieza a mermar y la humedad del agua dulce me hace marear un poco. El barco tambalea por los fuertes vientos que acompañan las turbias aguas del Rio de la Plata y mientras me acerco cada vez más hacia el puerto, viene a mi memoria aquel momento donde tuve a mi primer amigo, uno que decían era una estrella. El mismo que fue mi acompañante en la primera larga travesía que hiciera por el mundo a bordo de una embarcación. Yo le hice una promesa. Que el día que fuera capitán, vendría a saludarlo.

Me llamo Inocencio. Mi verdadero apellido realmente no lo supe nunca. Nací en Colón en noviembre de 1920. El día exacto tampoco lo sé. Crecí en el orfanato de la misión católica apostada en esa tierra cuando llegaron los norteamericanos a independizar a Panamá. Crecí en medio de los buques, los marineros ebrios y las prostitutas del pueblo. La tierra libre de Colón donde todos pasaban, pero nadie se quedaba. Se hablaban muchas lenguas y se contaban muchas historias de lugares lejanos y maravillosos que trataba de construir en mi imaginación. Sobrevivía a duras penas con otros huérfanos, casi todos sacábamos las monedas que los turistas nos arrojaban al agua para vernos saltar desde el malecón. A veces lograba monedas extra sirviendo de mensajero entre los traficantes o simplemente descargando cajas de los barcos al puerto.

Los días y los años se pasaban entre el bullicio del canal y la quietud del mar más allá de los arrecifes donde veía al sol ocultarse. En medio de esta rutina agobiante de hambre y cansancio conocí a un perrito criollo que igual que yo era huérfano. Cada vez que conseguía algún trozo de pan o salchichón lo compartía con él. No sabía cómo llamarlo así que le puse el primer nombre que se me vino a la cabeza: Usnavy como los barcos de los gringos. Caminaba con Usnavy todo el día rebuscándonos el sustento. Le enseñé a hacer algunos trucos como pararse en dos patas, dar la mano o hacerse el muerto, eso nos daba algunas monedas extra.

En una de nuestras caminatas por la playa encontré un folleto arrugado. Fotografías de personas felices ataviados con hermosa ropa en medio de espacios verdes limpios y construcciones gigantes, una pareja mirando hacia el horizonte adornado por un tupido cúmulo de edificaciones altísimas y señalando aquel edificio de punta brillante. En el frente del papel se leía "New York, Land of Dreams". Alguna vez me atreví a preguntarle al contramaestre de un barco si podía decirme que decía ahí y qué era ese lugar. El con una profunda emoción me dijo: "Nueva York, Tierra de los sueños. Es una postal de un crucero". Luego le pregunté si había estado allí. Su rostro cambió y mientras describía con lujo de detalles lo que conocía, y yo trataba de recrear esa imagen en mi cabeza: "Donde el Atlántico deja de ser el Caribe, el océano empieza a verse más oscuro y frio mientras el rumbo nos lleva más al norte. El agua se torna más turbia y a lo lejos, mientras vas divisando tierra, los rascacielos y las luces de la ciudad rompen la quietud del horizonte y de la nada surge una gigante selva de cemento. Edificios gigantes y resplandecientes a la luz del sol y brillantes luces multicolores en la noche. El puerto rebosa de personas y mercancías y sus calles son largas y llenas de tiendas y productos de todo el mundo. Mujeres hermosas, automóviles modernos. Es un paraíso, y como dice la postal, es un lugar donde cualquiera puede hacer sus sueños realidad". Desde aquel momento me decidí que me iría a vivir allí.

Todas las tardes me escabullía entre el tumulto del puerto a la oficina de tránsito del canal. Observaba las bitácoras consignadas en el libro de tráfico. Después de varios días, por fin logré encontrar un barco apostado en Colón que iba de ruta directa a Nueva york.

"El Santa Rita" se prestaba a recibir la carga de otro barco llamado "Santa Mónica". Mientras se realizaba el traspaso de la carga y el inventario de rigor, tendría tiempo suficiente de abordar y buscar un refugio apropiado. Caía el sol de aquel día de diciembre y con mi mochila preparada, contemplaba el atardecer en el lugar de siempre mientras abrazaba a mi querido Usnavy. Al fin tomé fuerzas y caminé decidido hacia el puerto.

Entre la soledad de las calles de arena y los marineros dormidos de la borrachera me escabullí hasta donde se encontraba el "Santa Rita". Besé a mi amado perro y le indiqué que se quedara y con el corazón hecho pedazos, lo veía sentado a la orilla del agua con el impulso del fiel compañero de casi tirarse al agua. Mientras más me alejaba, más difícil para mí. Usnavy contrariado ladraba mientras yo me lanzaba al agua y escalaba por la cuerda de la amarra del barco hasta una escotilla abierta de la bodega del barco. Le lance una última mirada de despedida a mi compañero pensando que no lo volvería a ver, pero le grité que se quedara que vendría por él. Mi pequeño cachorro fue lo último que conservaba en mi corazón de ese ingrato lugar.

El barco no se había cargado aún y logré encontrar con calma un escondite con acceso fácil a la cubierta. En el piso de la bodega había una portezuela que daba al fondo del casco del barco que me daba suficiente espacio para acomodarme y dormir. Seguramente entre la carga encontraría algo de comer y de beber. Estos barcos los había cargado yo mismo muchas veces así que tranquilamente sabía que podría sobrevivir. Usé mi mochila como almohada y permanecí escondido hasta que simplemente me quedé dormido.

El reflejo brillante se colaba entre el tablado. Me destelló los ojos y desperté con un rayo de luz sobre mi rostro. Escuchaba como terminaban de cargar y extrañado trataba de ver la procedencia de ese reflejo. Sentí que pasaban el cerrojo de la puerta de la bodega y al notar que el silencio se había prolongado lo suficiente decidí salir de mi escondite. A la portezuela apenas le habían dejado espacio suficiente para que yo pudiera arrastrarme hacia afuera. Apenas me pude incorporar, pude ver de dónde provenía la misteriosa luz. Quede paralizado al notar que el objeto brillante era un inmenso féretro. Más por inercia que por fe verdadera me persigné y noté que el motivo de su brillantez era la luz del sol que se colaba por la escotilla y rebotaba en la superficie plateada del ataúd. El barco vibraba al ritmo del motor de vapor y las calderas contiguas a las bodegas de carga emanaban un calor extremo, que sumado al clima del Caribe, hicieron de mi travesía una prueba de resistencia tremenda. En las noches me escabullía por el fondo del barco y buscaba agua dulce y algunos alimentos. Las cajas de víveres no siempre quedaban bien cerradas y me las arreglaba para abrir las latas con una vieja navaja que conservaba en mi mochila. Trataba de llevar las horas de la travesía distrayéndome con algunas revistas o catálogos que encontraba abiertos en las bolsas de correo. Sin embargo, de vez en vez la inquietud de aquel féretro brillante me pasmaba. Lo olvidaba por momentos tratando de pensar en mi supervivencia. Aunque era creyente del más allá y de Dios, yo sabía que un muerto era un muerto y nada más. Solo piel y huesos dentro de un cajón. Pero la magnificencia de su figura y que alguien se tomara la molestia de llevarlo lejos en vez de enterrarlo donde se murió, me tenía perplejo de curiosidad. ¿Quién será este?

Al tercer día escuché que en la borda sonaba música y olía a comida preparada. Tal vez cazuela de mariscos. Una fiesta en la popa del barco. Pensé en arriesgarme a salir y disfrutar del bufete. Siempre supe que en una fiesta la gente esta junta, pero no se reconoce entre sí. Podría pasar inadvertido. Cuando estaba a punto de aventurarme, las puertas de la bodega sonaron y se abrieron de par en par. Yo rápidamente me escondí tras las cajas del fondo. De uno en uno, varios pasajeros pasaron frente al féretro brillante que relucía por la luz de la luna llena que penetraba por la claraboya como siempre. Le dejaban una flor o lo tocaban. Se persignaban y subían nuevamente a continuar la fiesta. Es así como pasaron uno a uno los pasajeros del barco. Algunos pasados de copas lloraban y se apoyaban con afecto en el ataúd. Al final un hombre alto permaneció de pie y con una voz firme y amorosa le habló al muerto. No logré escuchar claramente que le decía, pero repitió varias veces su nombre: "Carlitos". Secándose las lágrimas y arreglándose su traje, recuperó el aliento y se dispuso a regresar a la celebración. Este episodio cargado de tanta devoción me conmovió mucho. Me senté junto al féretro y mientras lo contemplaba de alguna manera comencé a hablarle. Le conté sobre mi vida, los años de niñez descalzo entre el malecón y la playa, entre el puerto y la basura. El orfanato donde las monjas nos alimentaban como podían. Le pregunté si era un santo o un papa, que si estaba en el cielo, le dijera a mi madre que la perdonaba por morirse y dejarme solo aquí. Simplemente le conté todo sobre mi vida, sobre el mar de colores, los arrecifes que veía cuando nadaba mar adentro pescando, de Usnavy y sus trucos que encantaban a los turistas, de New york, de cómo tendría una casa y unos bonitos zapatos y de cómo pasaría el resto de mi vida en un lugar tan maravilloso como ese. Al final el sueño me ganó y descuidadamente me dormí apoyado en el féretro de "Carlitos".

Una mano me tomaba del hombro cuando desperté. Un hombre joven de traje elegante y ojos claros me preguntaba qué hacia allí. Yo asustado traté de zafarme de su mano. Atónito lo miraba a los ojos. Me habían descubierto, a los polizontes o los tiran a su suerte en una balsa o en otros casos, los toman como prisioneros en el puerto y otras cosas peores que prefiero no decir. Lo sabía por algunos chicos que se habían aventurado y habían regresado al puerto en malas condiciones. Otros no volvieron. El hombre me tranquilizaba y me decía que hiciera silencio. Del fondo de la bodega reconocí la voz del contramaestre del barco. "¿Está todo bien señor Castelli?" preguntó el oficial. El hombre mientras me señalaba que hiciera silencio le respondió: "Sí, si no pasa nada. El ataúd se soltó de un lado ya lo volví a asegurar". El hombre me preguntó en voz baja si tenía comida y agua. Yo sin poder musitar palabra asentí con la cabeza y le señalé una caja de latas de conservas. El simplemente dijo "eso no es comida, bancáme te traigo algo pibe". No entendí que dijo. Sólo esperé a que se fuera y temblando de miedo me metí a mi escondite bajo el piso y lloré asustado por lo que podría pasar.

Pasó un rato largo y el hombre volvió. Me dijo: "¿Pibe andas por ahí? Salí que no pasa nada". Por la rendija de la portezuela miré y estaba sólo y traía un plato con comida caliente y una botella de soda. Mientras comía, Ignacio se presentó, me contó quien era y que hacía en ese barco. Me hablo de "Carlitos", me contó que era un artista de fama mundial, que su voz llenaba los corazones de quienes lo escuchaban, pero sobre todo que era un símbolo. Un símbolo del corazón de su pueblo, un representante de los humildes y un ídolo para todos los hombres que encontraban en su música un mensaje de amor por su tierra y sus costumbres. Me mostró una foto de él en vida. Me sorprendí de su dentadura, su sonrisa y el elegante sombrero que llevaba puesto. A lo lejos, en el salón de baile empezaba a sonar una canción. Ignacio me pidió silencio y sonriente señalaba hacia arriba dónde provenía la música mientras yo escuchaba con atención. En ese mismo instante la melodía llenó el vacío del barco y a lo lejos entendí por fin quien era Carlitos. Con gran sentimiento añoraba a su Buenos Aires querido y con los tonos de su voz hacía que yo mismo añorara mi propio lugar de origen, mi perrito y mi playa al atardecer.

Los siguientes tres días del viaje, recibí la visita de mi nuevo amigo Ignacio, quien a hurtadillas me traía comida y agua fresca. Me pedía que cuidara del artista, y en las noches yo me apoyaba en el buen amigo "Carlitos" y me aseguraba que estuviera cómodo su féretro. Que el oleaje no lo sacara de su soporte y me encargaba de limpiarlo y mantenerlo presentable para su llegada a Nueva York. En las noches el salón de popa se engalanaba con luces que se colaban por las duelas de los pisos hasta la bodega y el repertorio completo de mi compañero de viaje llegaba hasta mis oídos con una claridad inmensa. Hablaba de sus amigos, de sus amores y de sus dolores. Creí en ese momento que no importa de dónde seas, siempre te faltará algo, extrañarás a alguien, esperarás algo mejor de la vida o añorarás lo que dejaste atrás. Y así cuidamos uno el sueño del otro por los días que duró la travesía del "Santa Rita" por el Caribe hasta las costas de los Estados Unidos.

Así "Carlitos" llegó a su destino, Ignacio me ayudó a salir a salvo del barco mientras trasladaban el ataúd y yo me despedí de ese par de amigos que el mar me había regalado.

Me aventuré por la ciudad por varios años. Anduve entre los puertos y los barrios bajos, tomando trabajos fugaces me mantuve a flote económicamente. Aprendí inglés e hice de la capital del mundo mi nuevo hogar. Cuatro años después mientras contemplaba Manhattan y veía al sol resguardarse tras los rascacielos, pensé en Usnavy en mi puerto, en los arrecifes y el Caribe multicolor que conocía tan bien. Decidí entonces hacerme marinero, trabajar en embarcaciones que duraban meses en alta mar. Y volví a mi hogar varias veces y sin embargo el horizonte me llamaba y el océano me halaba a seguir en él. Así conocí medio mundo, lugares y personas maravillosas. Lo que siempre soñé. Y también volví a ver a viejos amigos. En el primer regreso que hice a Colón, mi querido can estaba en el puerto, tal vez aguardando por mí y nunca más nos volvimos a separar.

Hoy llegando al puerto de Buenos Aires y en espera de desembarcar para ir a visitar a mis dos amigos, lo resuelvo finalmente el gran enigma de mi vida. Cuando naces, llegas por accidente a un lugar y te haces parte de él. Si la vida te lleva lejos y remontas las olas y el viento hacia otra playa, esa tierra nueva se hace tuya también. Al final resulta que eres de todos lados y de ninguna parte. Carlitos y yo nunca fuimos de ningún lado, amábamos a todos los lugares que conocimos. Eso lo aprendí de sus canciones. Nadie sabe realmente de donde era él, así como yo no sé ahora responder con exactitud de donde soy yo. Al final puedo decir que el lugar al que perteneces es aquel en donde encuentras la verdadera felicidad. Usnavy ya viejo me mira desde el sofá de la cabina del capitán y yo, con una sonrisa toco la bocina del barco dando aviso que estamos por llegar.

X.

Él le cantaba a Peggy, Mary, Betty y Julie; las Rubias de New York mientras cruzaba la 5ª Avenida. Cientos de personas se agolparon por Broadway para acercarse a darle un homenaje a Carlitos.

Para mí era una locura todo este viaje. De una fría tumba en una ciudad perdida en las montañas colombianas, pasando por homenajes populares en pequeñas poblaciones, a un viaje en tren y burro, a un barco maltrecho y de ahí a un crucero. Ahora la capital del mundo recibía al primer artista que alcanzaría Broadway y sus teatros de la historia de Latinoamérica. Gardel ya era un ícono del hombre latino y un referente de la Argentina y del continente en el mundo.

Notablemente acongojados, los representantes del estudio que producían las películas de Gardel recibieron el cuerpo en una casa velatorio cerca de los teatros donde en tantas ocasiones el "zorzal" había entonado sus canciones. Les insistí que eran responsables por el cuerpo mientras permaneciera en New York libre de toda responsabilidad hasta retomar el viaje.

Por mi parte, New York era una gigantesca masa de opulencia y superficialidad. La cultura pululaba a su favor, pero sentía que su inmensidad le impedía hacer de sus habitantes, personas felices. Era en cierto sentido como Buenos Aires; una ciudad de todos pero que al final no es de nadie. Sin embargo, me di a la tarea de explorarla y visitar sus barrios y sus recovecos y descubrí maravillas imposibles de olvidar. Aún estaba levantándose de aquella debacle del 29 y la crisis que los llevó a una gran depresión. Obviamente como en todos los momentos de crisis, el show debe continuar y una de las pocas industrias que no cesó a pesar de los contratiempos fue el entretenimiento. Compré libros a precios absurdamente baratos y cada día me levanté a buscar un regalo para María. Recorrí la ciudad con la curiosidad de un niño y aunque mi trabajo demandaba estar pendiente de lo que sucedía en la casa velatorio donde descansaban sus restos. El resto del día me pertenecía y lo aprovechaba al máximo.

Al fin en medio de uno de los barrios más pintorescos y complejos de la ciudad el "lower east side", encuentro una joyería irlandesa donde veo una cadena fina de oro con un trébol hermosamente decorado con esmeraldas. Esta pieza me trajo a la mente a María hablándome de Roselyn y su adorado tío y de cómo nuestro amor sería eterno como el de ellos. No me importó el costo y gasté hasta el último centavo que tenía y lo compré. Ya solo quedaba un día y volvería nuevamente al mar a la última etapa de este largo viaje para verla a ver.

Ya en el puerto a la mañana siguiente, Carlitos era ingresado a la bodega del vapor "Panamerican" que haría su primera parada en Rio de janeiro. Envié dos misivas desde la oficina del telégrafo. La primera a nombre del Dr. Abreu solicitando al consulado argentino en Brasil que pusiera a nuestra disposición a un funcionario que acompañara el féretro del Respetado Carlos Gardel en el último día de viaje hasta Buenos Aires. La segunda era mi carta de renuncia al Dr. De Abreu donde le explico que el viaje ha sido tortuoso y que me iba a quedar en Brasil por un tiempo indeterminado, solicitándole envíe el pago de mi salario a mi arribo al puerto de rio de janeiro y agradeciéndole la oportunidad de hacer esta misión para el Gobierno Argentino. La tercera estaba destinada al pequeño poblado de Buzios a nombre de Belisario, para informarle que estaba llegando en 20 días después de la fecha de enviado este mensaje.

Nuevamente nos hicimos a la mar y para esta ocasión el viaje se veía más sencillo que todos los anteriores.

PARALELA 6

MARIA PAULINA Y EL FINAL DEL CAMINO

La noche de año nuevo fue maravillosa. Pasamos la frontera hacia Brasil y mientras celebrábamos, las personas del poblado al que llegamos primero nos recibieron con alegría, baile y mucho licor.

Afortunadamente me acostumbré a tomar a la par de los hombres de mi familia y bailé como nunca junto a mis camaradas del circo.

Permanecimos varios días en este poblado húmedo a las orillas del rio. La humedad y los mosquitos no me eran indiferentes, pero como decía el mismo Belisario: "cada tierra tiene sus propias plagas". Dos semanas después de adentrarnos en la selva encontramos el camino hacia Buzios. Un puerto cerca de Rio de Janeiro, donde nos sería más fácil establecer la carpa, realizar el espectáculo y no sufrir por las limitaciones del idioma. En este caso, había desistido de mi papel de Pitonisa ya que no hablaba el portugués.

Era indescriptible la sensación de saber que este recóndito y hermoso lugar sería tal vez la última parada de mi largo viaje sola y sería en medio de estas verdes montañas rodeadas por el océano azul y arena blanca donde por fin me casaría con Ignacio y empezaríamos otro largo viaje juntos hacia los tortuosos caminos de la vida y el amor.

Estaba segura que superaríamos todo. Cualquier dificultad nos haría más fuertes.

Era un sábado caluroso. El espectáculo fue algo accidentado. Su lingo falló en una de sus piruetas y se torció el tobillo y Belisario nos pegó el susto de la vida cuando uno de sus candados se atascó en el acto de Houdini. Estresados y malhumorados por la poca recepción del público nos fuimos a dormir sin precauciones. Tanto así que olvidé poner el mosquitero aquella noche húmeda y amanecí picada de la cabeza a los pies. Con mucha gracia recordaba las tardes en la finca de papá donde me quede dormida más de una vez en el cafetal y me llevaba la sorpresa de grandes ronchas por las picaduras de hormigas o mosquitos. Ya estaba acostumbrada y sabía tratarme las heridas con aceite. Esa noche desmontamos el campamento y decidimos alojarnos en una pequeña pensión cerca al puerto a la espera del barco de Ignacio.

XI.

No logro recordar casi nada de ese viaje. El mar se encrispaba y volvía a la calma y yo inmutable me la pasaba del comedor a mi camarote y de vez en vez visitaba a Carlitos en la bodega.

Un día antes de arribar a Brasil recordé a Inocencio, aquel muchacho panameño que se sentaba horas y horas a hablar con Carlitos. En aquel momento el sol se colaba por las duelas del piso de la cubierta y el Ataúd resplandecía. En ese momento pensé que necesitaba decirle algo a alguien. Sólo estaba él.

"¿Qué puedo hacer para que María sea feliz? ¿Cómo hacer de la vida una aventura que perdure por años y que la costumbre no nos condene a una vida sin amor? ¿Cómo no tener miedo a perderla o perderse para siempre en este mundo injusto y lleno de vicisitudes? El silencio era total. Nunca le hablé a mi padre en su tumba y jamás le pregunté a un muerto sobre nada. No era creyente y pensaba que era absurdo. En ese momento simplemente sonreí. Pensé en la vida y las vueltas que da. En las circunstancias que me traían hasta ese instante. Escapar de la muerte, encontrar el amor en una tierra desconocida, hacer parte de esta extraña y absurda aventura junto a él. Lo imaginé sonriendo mirándome a los ojos con su guitarra en la mano simplemente diciendo "andá a vivir la vida". El artista siempre tenía algo que decirnos y su obra es nuestra realmente, porque no la escribía para él. La escribió para mí y para todos aquellos que sufrimos desamor, o que anhelamos el amor, o que extrañamos nuestra casa, o que admiramos las bellezas de la vida, las mujeres y la amistad. Carlitos permaneció en silencio, pero en mi cabeza me lo había dicho todo. De ahí logré entender el por qué hablamos con nuestros seres queridos cuando ya han fallecido. No vamos por un consejo, vamos para refrescar la memoria de aquello que nos dejaron en vida. Por eso la memoria es más valiosa que la nostalgia de la muerte. Por eso nuestros muertos viven en nosotros para siempre. Me despedí de Carlitos besando su ataúd. Diciéndole "Buen regreso a casa amigo". Subí las escaleras y allí quedó el solitario cajón resplandeciendo por el sol esperando llegar a casa pronto.

En el puerto me esperaba un lánguido cordobés que trabajaba para la embajada en Brasil. Le entregué la bitácora y firmé los documentos de entrega. El con voz temblorosa y algo confuso me preguntó: ¿Qué hago entonces? Yo le respondí: Llevarlo a casa. Está cansado de viajar. Sin mirar atrás tomé una vieja lancha taxi que me llevaría a una hora de camino hasta el puerto de Buzios.

XII.

El mar hacía saltar la pequeña embarcación la cual iba a lo que daba el motor por orden mía. El conductor sorteaba el oleaje de manera precisa. A lo lejos vi un claro con el viejo camión estacionado al lado de la carpa del circo y una cabaña a su lado.

Imaginaba a María sentada en la playa buscando conchitas o tal vez tomando el sol mientras leía. Sin embargo, no había nadie fuera.

Le pagué al conductor de la lancha sin mirarlo y bajé de ella de un salto. Mi equipaje en una mano y mis zapatos en la otra se encontraron en la arena al caer cuando yo rápidamente logré ver un grupo de personas agolpado en la puerta de la cabaña. Entre las personas presentes intentaba encontrar a María, pero no la veía. Mas adentro vi a Belisario quien al reconocerme me empujó hacia afuera de la cabaña. Yo lo vi completamente deshecho. Su expresión pálida me lleno de terror. "¿Que paso?" fue lo único que atiné a preguntarle. "Es fiebre amarilla Ignacio. No hay nada que hacer". Mi corazón se rompió en mil pedazos, pero no expresé ningún gesto. No dije una sola palabra. Simplemente entré. Estaba allí acostada dormida, con la piel pegada al hueso y de un color amarillo fuerte. Yo la besé para despertarla. Cuando escuchó mi voz se despertó. "Ignacio, perdóname" repetía una y otra vez, mientras rompía en llanto. Yo acariciaba su cabello y le decía que no pasaba nada, que de esta íbamos a salir. María tosía copiosamente y volvía a desmayarse una y otra vez. Belisario acongojado me pidió que saliera. Yo iracundo lo agarré del cuello exigiéndole una explicación. Él me dijo con voz entrecortada que fue un descuido. Una noche sin el mosquitero en la selva y ya está. El médico del pueblo llegó a hacer la auscultación diaria con algunos medicamentos para estabilizarla. Me acerqué a él y Belisario me presentó. "Él es el prometido de la paciente doctor". Yo atentamente escuché el diagnóstico del médico. "Siento decirle señor que su prometida tiene fiebre amarilla y aunque la tratemos no va a tener más de una semana de vida. Lo que sí le puedo decir es que lleva en este estado mucho más de lo que cualquier paciente que yo haya conocido ha estado. Tal vez esperaba por usted. Lo siento mucho".

Las medicinas que le aplicaba el médico le permitían estar en calma un poco y le daban la oportunidad de caminar y calmar la fiebre y el dolor por algunas horas. Pasé los siguientes días con ella hablándole del viaje, contándole las historias de la montaña y el burro, de los hermanos y el piloto, de las diferencias del pacífico y el atlántico, de mi amigo el polizón. De New York y su opulencia. Le entregué su cadena irlandesa que le recordaría a Roselyn y a su amado tío Marco Aurelio. Le hablé de nosotros, de Buenos Aires de nuestra vida juntos. Ella sólo sonreía y disimulaba el dolor. A veces deliraba en las noches por la fiebre. La escuchaba hablar de mí como si yo fuera un sueño. "No estás ahí, por qué tardas tanto". Una y otra vez repetía esto mientras su cuerpo se daba por vencido.

Una noche fresca de febrero me desperté al no verla junto a mí en la cama. Estaba apoyada en una palmera frente al mar. Me llamó y nos sentamos juntos. Se apoyó en mí. Me dijo "yo soñé contigo todos los días de mi vida. Soñé con estar aquí justo ahora. En este lugar, en este instante. El tiempo es un invento, para mí este momento es y será una eternidad. Diles a tus hijos que no los conozco pero que ya me hacen falta. No dejes de vivir, enamórate, vive la vida y haz feliz a alguien como lo hiciste conmigo. Ya está, sólo déjame ir". Repetía déjame ir una y otra vez. Yo le dije "Buen viaje". Ella sonrió me dijo que me amaba y se durmió.

Decidimos cremarla después de hacerle un funeral hermoso. A la orilla del mar llevamos sus cenizas tal y como lo dejó estipulado en su diario junto con una carta para su papá. Las cenizas fueron a parar al mar y yo me quedé con su valija, su diario y sus historias. El mar que tanto amó y deseó cruzar ahora la llevaría a parte de ella en su esencia. Al mismo tiempo, Carlitos era jalado por un carruaje majestuoso de 6 caballos desde el "Luna Park" donde había sido velado en el centro del ring. Su traslado hacia la Chacarita estaría acompañado de más de 50 mil personas que lo lloraron hasta el lugar donde finalmente descansaría de su extenuante viaje.

Me despedí de Belisario y sus compañeros y tomé rumbo al puerto de Rio de Janeiro para regresar a Buenos Aires y enfrentar mi destino. Sin ella, prefería arriesgarme a morir y tratar de recuperar lo único que me quedaba. Mi hermano y mi madre. Era igual consciente que volver significaba entregarme a mis perseguidores.

Arribé unos días después de la celebración del regreso de Gardel y aún conservaba el pasaporte de Hernán, mi hermano.

Fui directamente al correo a enviar la carta de María a su padre y me dispuse a recorrer las cuadras tristes y desoladas hasta la casa familiar. Golpeé la puerta y me encontré con mamá devastada, con los ojos hinchados y de luto. Ella sólo exclamó: "Gracias dios pensé que me los habían matado a los dos". Extrañado recibí el apretado abrazo de mi madre. La llevé a la cocina y sentados ya con calma me contó lo que había sucedido. Hernán no paraba de beber y de andar conventillo en conventillo peleándose y de fiesta. Una noche llegó a casa y unos hombres lo esperaban en la puerta. "¿Usted es Castelli?" le preguntaron. Mi hermano de la borrachera les contestó agresivamente: "¿sí por qué?" ellos desenfundando sus armas simplemente dijeron "Mándale saludos al perro de Di Giovanni en el infierno". Le dispararon 12 veces y lo dejaron tirado en la vereda con un papel que decía "muerte a los anarquistas". Mamá lo vio todo desde la ventana. Al no tener noticias mías pensó que yo había corrido la misma suerte. Se apresuró a arreglarme otra maleta y me pidió que no desarmara el equipaje que ya tenía preparado. Arregló todo con uno de sus vecinos para que me llevara en su camión a Chubut. Papá tenía unas tierras allí que estaban totalmente aisladas cerca de la Bahía de Camarones. La ciudad estaba prácticamente desierta después de las exequias de Gardel. Como todas las honras fúnebres de mi país, la mayoría terminaba en vinos y tangos. Logramos salir sin contratiempos de la ciudad y ya en la ruta, pudimos hablar un poco. Oscar Ciresa era nuestro vecino y uno de los transportistas que había trabajado con papá toda la vida. El aprovechó el tiempo que teníamos de camino para ponerme al corriente. El gobierno estaba en una crisis mayúscula debido a la mala administración de recursos y el empobrecimiento de los productores de carne. Los anarquistas eran los únicos que tomaban acciones reales en contra del gobierno, ya que los otros opositores como Yrigoyen y los partidarios de otros sectores liberales, caían en la trampa política del gobierno de la amenaza desde las leyes regentes. Es por esto que se hablaban de grupos de "limpieza", donde militares se encargaban de infiltrar el movimiento obrero y estudiantil cazando cualquier atisbo que les oliera a anarquismo o a Di Giovanni. Hernán se encontró en medio de varios mítines, más por casualidad de su vida nocturna que porque fuera un verdadero militante. En la lista se encontraba un "Castelli" y en la comunidad italiana se sabía que la única familia con este apellido éramos nosotros. Buscaban a un Castelli y lo encontraron. De alguna manera Hernán me había salvado a mí sacrificando su vida y sin quererlo según me contaba Oscar, había dejado a una mujer con 6 meses de embarazo, la cual estaba escondida en su casa familiar y saldría pronto del país como refugiada hacia Italia.

Las horas pasaron y la planicie de los campos de trigo y pastizales eran los que ahora formaban el escenario del resto de una vida que ya no quería vivirla. Llegamos a la pequeña ciudad de Camarones, compramos víveres y seguimos el camino hacia el campo de papá. Allí tenía ganado y personal que trabajaba con vacas lecheras y cría de caballos y reces para la producción de carne. Realmente no tenía nada que hacer. Sólo leer y montar me alejaba de la tristeza de la muerte y la soledad. Oscar se fue diciendo que recibiría un correo mensual que llegaría a la quinta. Y me recomendó en lo posible que no saliera al pueblo.

Me quedé solo en medio de kilómetros de campo y la ansiedad de buscar la muerte se truncaba con la promesa que un día le hice a María de que viviría por ella.

PARALELA 7

SUSURROS CON LA MUERTE

Treinta años han pasado desde aquel día en la playa donde María me pidió que la dejara ir para siempre. Trato de contenerme y seguir viviendo la vacía vida del que nada ve, más allá de la rutina y el hastío de años de respirar sin un verdadero sentido. Cuando monto a Dédalo, mi caballo más amado, recorro a toda velocidad las planicies de la pampa y trato de recordar.

Recordar el campo enorme, verde, inmenso, con la luz entrando impertinente entre los recovecos de las hojas de los pequeños arbustos, infinito, con olor a polen y a juegos dominicales.

Ansioso comencé a caminar en él, perdido en pensamientos de niñez, buscando los cómplices del juego, la dueña de la sonrisa de ángel callada en medio de la inmensidad, lejana pero presente en todos mis sentidos. Buscaba a los pequeños niños, que ansían la mano protectora, el regazo donde pueden descansar de largas jornadas de sonrisas y donde la imaginación infantil acaba y empieza la realidad despreocupada. Mi vida es una hoja en blanco.

Ahí está el ser que no conozco, pero que yo describo a la perfección. Ahí está el que recorre caminos, el que siente penurias, el que cae en las trampas y sale bien librado. Ahí está el miserable títere que manipulo, día con día, diciéndole que hacer. Y al final el inmenso bosque que se volvió hoja en blanco, esta convertido en un universo que nadie entiende tal y como ha sido inventado.

Es el amado caos que imparcial y etéreo, perdurara a través del tiempo hasta que sea olvidado en los confines de lo cotidiano.

Bienvenido y rechazado, imponente y pisoteado. Terminando entre las sabanas calientes de un hogar seguro, pensando que tal vez nunca he terminado de decir lo que siempre quise. Y en el espacio de la nada apago la luz para volver a soñar con el campo verde y el cabello de la musa que nunca más permitirá que los días normales puedan regresar. Pero la verdad es simple. Es ella la que nunca va a regresar.

Un día el tedio de la costumbre se reveló como realmente es. La muerte en vida de hacer lo mismo día tras día, sin nada que esperar, sin nada que construir. Cuando la capacidad de asombro un día te abandona. Sin embargo, me refugio en la normalidad.

Prefiero ser invisible.

Escapé creyendo que, al reconstruirme, tendría otra oportunidad de ser distinto, pero la fría sensación sigue presente.

¿A dónde pertenecen los muchos que no son nada?, ¿de dónde se toman las riendas de la bestia desbocada que se convirtió la vida? El tiempo sigue su curso sin parar, sin detenerse a resolver que camino andar. Lo único que me queda, es tratar de hacer de esta tragedia menos tétrica.

El reconocer el mundo a cada paso, descifrar el encuentro furtivo en una lista interminable de motivos. Crecer a golpes, todos propinados vilmente por las circunstancias, usando como cómplice al azar y como justificación el cruel destino.

Somos invidentes señalándonos un sendero en medio de las tinieblas. Llevando un bastón de creencias que intentan mantenernos alineados a un camino que siempre tendrá como resultado la muerte.

Tiembla mi mano al tratar de tocar las paredes. Y los testigos impertinentes, son aquellos que intentan guiarme torpemente para no permitirme tropezar. Me niego a escucharlos. No quiero que cuiden de mí. La verdadera esencia de recorrer el sendero es identificar las piedras que harán que mi pie se golpee, mis manos suelten el bastón y se pongan firmes defensoras mientras las rodillas resignadas reciben el suelo de la vida, raspándolas y dejando cicatriz.

Somos niños intentando correr sin preocupaciones, tropezamos, caemos, buscamos la mano protectora con lágrimas en los ojos. Lloramos del dolor que da la raspadura y buscando el "sana que sana" de mamá para resignarse y olvidar.

Prefería caminar por el sendero oscuro, bifurcado y estrepitoso, de intentos fallidos, que el acomodado abrazo de la resignación. No pude recorrer con más ímpetu el sendero. Al final, para cobardes o valientes el resultado es la fría muerte que nos cuestionará si lo recorrido realmente valió la pena.

XIII.

La guerra, los presidentes, los generales, las heroínas, los asesinatos. Nada de eso me importaba. Mi mundo era sólo hasta donde mi vista llegaba a ver.

Ya no tenía miedo de morir si regresaba, hace mucho lo habría podido hacer. Simplemente no hay nada para mí allá afuera. Cada cierto tiempo llegaban las noticias de la familia y el país. Después de años de negarme, por fin me compre un radio. Escuchaba las voces de los caudillos, todos y cada uno con discursos aprendidos al pie de la letra. Enardeciendo a las multitudes con pretextos de honor, gloria, revolución, patria. Los sin sentidos de todas sus palabras me hacían desistir de regresar a esa sociedad vacía de ideas y llena de gente. Intenté perpetuar este estado de quietud hasta el día de mi muerte.

Aquella mañana escucho a lo lejos el motor de un camión. Extrañado me levanto y me asomo a la ventana. A lo lejos una figura esbelta de cabellos rojizos y de ropas simples se acerca con cautela a la puerta.

Golpea el aldabón. Nervioso le digo "¿qué necesita?". La mujer ansiosa responde: "¿Ignacio Castelli? Necesito hablar con usted, traigo un mensaje de Buenos Aires".

Abrí la puerta y la joven me miraba a los ojos con cierta intensidad. Noté inmediatamente que algo afligía su corazón. La hice pasar. Ella se sentó y fui directamente a la cocina por un vaso de agua. Lo recibió y tomo un gran sorbo. Luego dijo "Señor Castelli, lamento informarle que su señora madre falleció ayer. Le dejó estos documentos y le solicitan a usted regresar lo más pronto posible a Buenos Aires". Yo tomé los papeles y no los revisé, absorto por la expresión en el rostro de esta lánguida muchacha. Era como si contuviera el llanto, sentía que iba a estallar. "¿Y a vos que te pasa?" le pregunté. Ella señalando los papeles le dijo que era urgente que leyera la carta de mamá.

Me dispuse a leerla. Mamá se despedía diciéndome que era hora de enfrentar los miedos, era hora de salir del hoyo en el que me había refugiado y que ya no quedaba nadie más sino "ustedes dos" en la familia. Esta frase me impactó. ¿A quién se refería con ustedes dos?

Inmediatamente mire con seriedad a esta chica y le pregunte quien era. Ella me miró a los ojos y me dijo "Soy Helena Castelli, Hernán era mi papá. Soy su sobrina Ignacio". Disimulé la sorpresa y la culpa regresó de repente. "Y usted sabe ¿por qué se murió Hernán? ¿Le dijeron de quien fue la culpa?", ella respondió "Sí, la abuela me dijo que la culpa había sido de los que le dispararon, porque proteger a la familia no es una carga, sino un privilegio. Papá dio la vida sin saber que yo existía por usted tío y no entiendo qué hace usted aquí. Se suponía que viviría su vida, no que escaparía de ella. Ahora solo quedamos los dos y yo no pienso vivir el resto de la vida sola ni voy a permitir que usted siga aquí sin vivir la suya. Ellos ya están muertos y desear la muerte no es la mejor manera de hacerles justicia. Déjelos ir". No supe que decir. Me levanté de la silla y algo descompensado salí de la habitación. "Se puede quedar todo el tiempo que quiera, esta también es su casa al parecer". Ella me refutó que debíamos regresar. "Vamos a regresar, pero no hoy. Para todo hay tiempo. Hay 8 habitaciones en la casa, escoja la que quiera e instálese. En unos días partiremos.

XIV.

Aquellas semanas fueron muy felices. Nos encontramos en una situación extraña. Yo era un hombre que jamás supo ser padre y ella una chica que jamás conoció al suyo. Caminábamos por horas en el campo hablando sobre nuestras vidas, sobre el mundo que le había tocado vivir y sobre el mío en esa soledad de tantos años. Me sorprendía como cada palabra y expresión me recordaban la impertinencia y picardía de Hernán cuando éramos niños y la fuerza que aquella lánguida chica proyectaba, la hacía cada vez más cercana a mis recuerdos de María. Tenía mucho de ella también. Su calidez de palabras, su inteligencia y amor por los libros. Exploró todos y cada uno de los volúmenes que había conservado en la pequeña biblioteca de la casa, y había traído consigo varios de mis libros que Hernán guardaba con recelo. Así pasamos horas y horas conversando y conociéndonos. Dos seres con la misma sangre y la misma soledad.

Una tarde mientras la tierra se secaba después de un largo aguacero de otoño, helena se acercó y con el mate en la mano, me preguntó "¿Cómo era ella?" Había nombrado a María varias veces contándole mis aventuras cargando el cadáver de Gardel por las montañas y la historia de cómo la conocí. Pero jamás le dije como era exactamente. No pude evitar quebrarme y mientras la describía, el dolor había regresado. Helena sonreía mientras yo le hablaba de su cabello, su cuerpo, su sonrisa, su fuerza, su corazón. De sus comentarios mordaces, de lo adelantada que era para su época, de la fuerza que mantuvo mientras esperaba por mí. Del valor de morir desprendiéndose de todo egoísmo, de pedirme que fuera libre. Yo la decepcioné, no tuve la fuerza de seguir buscando el camino. Me quede aquí, enclaustrado, suspendido. Traje de mi habitación una caja donde conservaba sus cosas. Su diario, una trenza de su cabello, algunas fotografías de sus días en el circo, la cadena con el dije irlandés que le había comprado en New York. Y su imagen del daguerrotipo del mismo día en que nos conocimos. Helena tomaba cada cosa con extrema delicadeza y las acercaba a su cara como intentando capturar su energía. Tomó el diario y comenzó a leerlo en voz alta. Yo jamás tuve la fuerza de leerlo completo. Duró muchos años guardado. Nos quedamos aquella noche riéndonos a carcajadas de cada una de las anécdotas que maría contaba en esas páginas. Del circo y los lugares que vio. De sus anhelos conmigo. Del futuro que nunca fue. Pero no me causó dolor. Me dio alegría de saber que pude ser parte del alma y el corazón de una mujer maravillosa. Que me hice uno con su espíritu y que tal vez sólo necesitaba los ojos y el corazón de otra como ella, para descubrir que no fue tiempo, sino instantes los que vivimos. Helena me abrazó con el amor de una hija a su padre y me dijo "Eres el hombre más afortunado del mundo tío. El amor verdadero es muy difícil de encontrar". Permanecimos por varias horas en silencio contemplado como amanecía. En la tarde ya estábamos camino a Buenos Aires.

XV.

Llegamos a la vieja casa del barrio de recoleta, organizamos lo que quedaba de ella y mamá había dejado a cargo a uno de los hijos de Ciresa como administrador del almacén. Yo retomé el camino de volver a conocer mi Buenos Aires. Había crecido mucho en estos años de ausencia. Recuerdo que tuve esa misma sensación mientras recorría las calles de New York en aquella semana de homenajes a Gardel. Todos iban apurados y las edificaciones eran mucho más altas. Los autos corrían y la opulencia estaba a la orden del día. Nada de eso realmente importaba. Disfrutaba de los mates de la tarde, iba de vez en cuando al café a la vuelta de casa donde departía con algunos viejos conocidos del barrio que nunca habían salido de allí. La política era un caos y Helena trabajaba a diario en la facultad como profesora de lenguas y hacía trabajo comunitario como maestra jardinera. Yo me acostumbré a esta nueva rutina y así pasó otra década. Helena había encontrado el amor en un gran hombre. Un abogado litigante de descendencia italiana y con un corazón de oro. Camilo la amaba con locura y habían estado los últimos meses de viaje por Europa. Sus trabajos comunitarios les unían en esa hermosa tarea de ayudar a los desfavorecidos y su inteligencia les permitía luchar por un país mejor. Con los años, Helena empezó a llamarme papá, lo cual me hizo sentir extraño al principio, pero con el tiempo me hizo el hombre más feliz del mundo.

Una tarde las noticias se inundaron de oscuros presagios. La presidenta había sido derrocada y la junta militar tomó por asalto la casa presidencial y arrestó a la presidenta. El reino del terror de la década infame que me hizo escapar un día, había regresado. Yo ya sabía qué estaba por venir y les pedí a los chicos que se fueran al campo. Helena estaba convencida que yo no entendía la situación y lo tomaba con ligereza. Me tranquilizaba aludiendo que Camilo trabajaba en los tribunales y eso les daba seguridad.

Aquella fría noche de Julio, un grupo de hombres armados irrumpió en casa, rompieron todo y se llevaron a mi amada Helena y a Camilo. Me rompieron la cabeza de un golpe y escaparon. Recorrí las morgues, los hospitales y las guarniciones militares y no recibí respuesta sobre su paradero. Nunca más volví a saber de ellos.

EPÍLOGO

Después de tantas idas y vueltas, de tanto horror y felicidad junta, espero el instante del último suspiro. Camino a diario las mismas calles como puedo, con sólo un bastón y una amargura que solo la soledad puede poner en la espalda. Es este peso de mi propia vida el que me encorva cada día más el alma. Hoy volví al lugar donde permaneces, en este oscuro y musgoso mausoleo donde están todos mis amados. Hoy Muerte, sigues jodiéndome la vida, quitándomelo todo. Me levanto de la fría banca y camino a la salida del cementerio esperándote y diciéndote a la cara, que no te odio. Mi paso por este tortuoso mundo es lento. Hice de la vida ese instante maravilloso y amargo. Como el Tango, adolorido y colorido. Con notas menores y mayores, con vueltas de ritmo y llantos de bandoneón. Hiciste de mi vida un tango y lo acepto con gallardía. Porque viví, amé y perdí. Porque cuando amamos de verdad todo lo que queda es cuesta abajo y como Gardel, yo mismo recorreré mis pasos después de muerto y no vas ganar esta partida. Al final yo si se cómo es que suena esta canción.

FIN

www.ingramcontent.com/pod-product-compliance
Lightning Source LLC
Chambersburg PA
CBHW070445170726
48291CB00005B/1600